光文社文庫

文庫書下ろし／長編時代小説

鵺《ぬえ》退治の宴

闇御庭番(九)

早見　俊

この作品は光文社文庫のために書下ろされました。

目次

第一章　この世の竜宮城　9
第二章　雛子さま　69
第三章　皇女の受難　135
第四章　鵺の暗躍　192
第五章　鵺と貉　237

公儀御庭番《こうぎおにわばん》は、八代将軍徳川吉宗《とくがわよしむね》が創設した将軍直属の情報機関。表向きは城中の清掃、警固などを役目としたが、実態は諸大名の動向や市中探索などの諜報《ちょうほう》活動をおこなう。

菅沼外記《すがぬまげき》は、御庭番の中でも一切表に出ない破壊活動「忍び御用」を役目とする一人であった。

十二代将軍家慶《いえよし》は、十一代家斉《いえなり》と側室お楽の方との間に、家斉の次男として生まれた。

寺社奉行、大坂城代《じょうだい》、京都所司代《しょしだい》、西ノ丸老中《にしのまるろうじゅう》を歴任して老中首座《しゅざ》に登り詰めた水野《みずの》忠邦《ただくに》（越前守《えちぜんのかみ》、浜松藩主）を中心に、家斉の死後、「天保《てんぽう》の改革」を断行する。

水野の懐刀《ふところがたな》として、改革に反する者を取り締まったのは鳥居耀蔵《とりいようぞう》（甲斐守《かいのかみ》）。儒者林述斎《はやしじゅっさい》の三男として生まれ、旗本鳥居一学《いちがく》の養子となった。目付《めつけ》をへて南町奉行に就任。厳しい取り締まりのため、「妖怪《ようかい》（耀甲斐）」と恐れられた。

北
東
南
西
鐘ヶ淵
大橋
隅田村
千住道
小塚原
三河島
日暮里
田端
駒込
谷中
日本堤
金杉上町
新吉原
隅田川
今戸町
山谷堀
聖天町
今戸橋
鷲神社
千駄木
白山
下谷
東叡山寛永寺
奥山
根津権現
御薬園
小石川
本郷
中堂
幡随院
広徳寺
東本願寺
浅草寺
阿部川町
浅草花川戸町
吾妻橋
伝通院
不忍池
新堀川
田原町
竹町ノ渡し
三間町
並木町
駒形堂
菊坂町
池之端仲町
下谷広小路
御徒町
蔵前
湯島天神
春日町
水戸徳川家
森田町
御米蔵
牛込
神田明神
外神田
神田川
神楽坂
牛込御門
小石川御門
水道橋
筋違御門
練塀小路
天王町
浅草橋
柳橋
百本杭
御竹蔵
本所
番町
昌平橋
多町
和泉橋
柳原土手
藤代町
両国広小路
市谷
田安御門
俎板橋
雉子橋御門
一ッ橋御門
内神田
馬喰町
両国橋
回向院
相生町
竪川
市谷御門
清水御門
神田橋御門
今川橋
薬研堀
三河町
小伝馬町
大伝馬町
日本橋
一ッ目之橋
二ッ目之橋
本銀町
常盤橋御門
新大橋
北町奉行所
小名木川
室町
万年橋
麹町
江戸城
江戸橋
霊巌寺
深川
半蔵御門
呉服橋御門
日本橋
南茅場町
仙台堀
西之御丸
南町奉行所
鍛冶橋御門
組屋敷
八丁堀
永代橋
京橋
小松町
富岡八幡宮
永代寺
霊岸島
桜田御門
赤坂御門
永田町
石川島
越中島調練場
山王日枝神社
数寄屋橋御門
西本願寺
新橋
築地
佃島
溜池
幸橋御門
汐留橋

江戸幕府と町奉行所の組織（江戸後期）

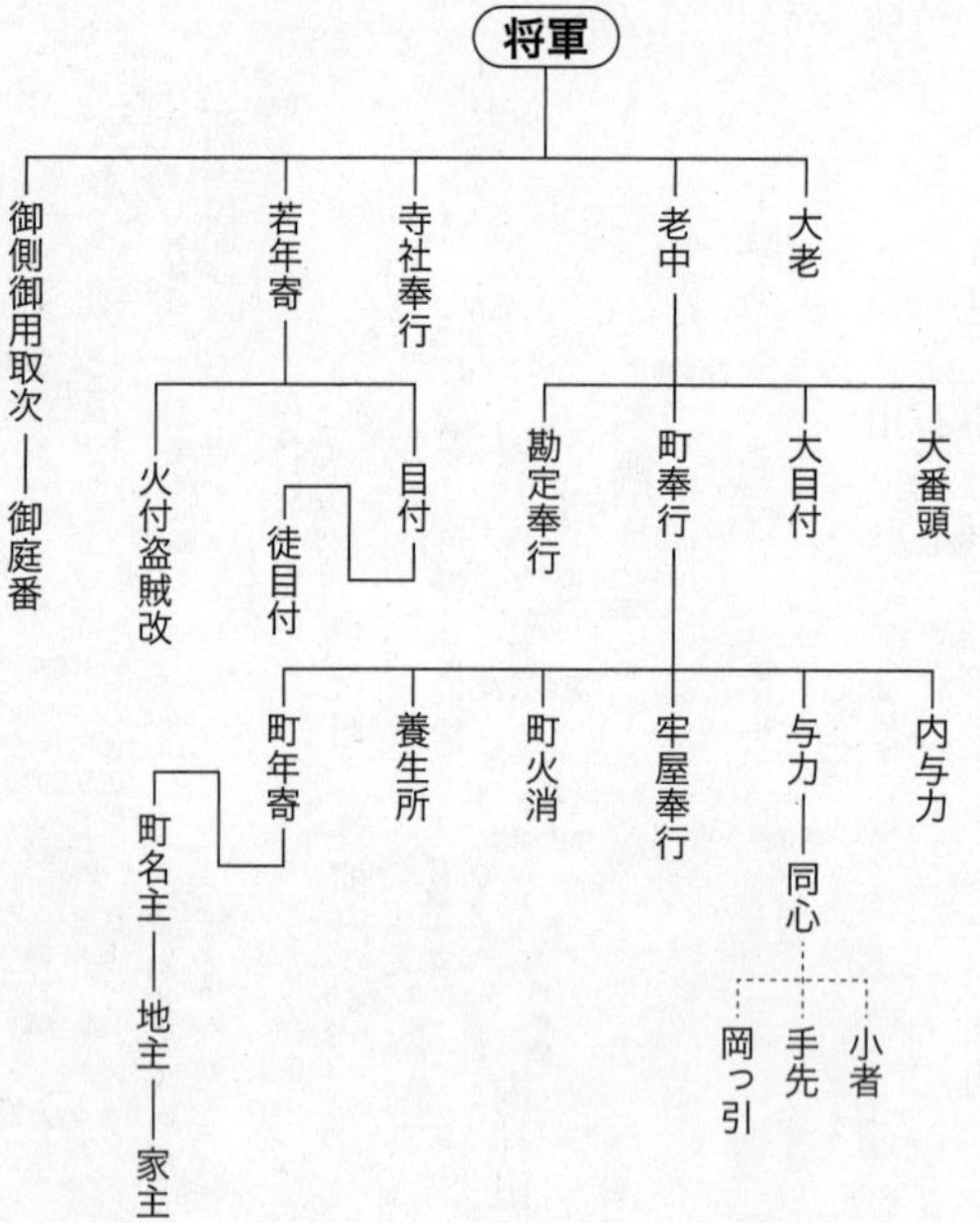

＊本図は江戸後期の幕府と町奉行所のおおまかな組織図。

＊幕府の支配体制は老中（政務担当）と若年寄（幕臣担当）の二系統からなる。最高職である老中は譜代大名三～五名による月番制で、老中首座がこれを統括した。

＊町奉行は南北二つの奉行所による月番制で、江戸府内の武家・寺社を除く町方の行政・司法・警察をつかさどった。

＊小者、手先、岡っ引は役人には属さず、同心とは私的な従属関係にあった。

主な登場人物

菅沼外記（相州屋重吉）……十二代将軍家慶に仕える「闇御庭番」。
お勢……辰巳芸者と外記の間に生まれた娘。常磐津の師匠。
村山庵斎……俳諧師。外記配下の御庭番にして、信頼される右腕。
真中正助……相州浪人。居合師範代で、お勢の婿候補。
小峰春風……絵師。写実を得意とする。
義助……棒手振りの魚屋。錠前破りの名人。
一八……年齢不詳の幇間。

水野忠邦……老中首座。天保の改革を推進する。
鳥居耀蔵……水野忠邦の懐刀と目される南町奉行。「妖怪」とあだ名される。
美佐江……浅草・観生寺で手習いを教える。蘭学者・山口俊洋の妻。
ホンファ……香港から渡来。旅の唐人一座の花形だった可憐な女性。
徳川斉昭……水戸徳川家当主。
藤田東湖……斉昭の側用人。
中山信守……水戸家附家老。

第一章　この世の竜宮城

一

　今年の夏はひときわ暑い、と菅沼外記《すがぬまげき》はぼやいた。

　天保《てんぽう》十四年（一八四三）文月《ふみづき》も十日になり、暦《こよみ》の上では秋を迎えているが残暑の厳しさといったらない。残暑どころか盛夏《せいか》が続いているかのようだ。日が落ちても大地に籠《こ》もった熱が引かず、夕風は生ぬるい。耳をつんざく蟬《せみ》の声もやまない。

「毎年同じ台詞《せりふ》を吐いているか……」

　自分のぼやきに外記は苦笑した。

　例年、夏を迎えれば暑いと不平を言い、冬の朝には寝床を出るのが億劫《おっくう》になる。

「歳か」

　自嘲《じちょう》気味の笑みを浮かべ、外記は小石川《こいしかわ》にある水戸《みと》徳川《とくがわ》家上《かみ》屋敷の裏門から中に入った。

黒小袖《くろこそで》に同色の裁着《たつつ》け袴《ばかま》、腰には大小を落とし差しにしている。水戸家訪問ということで黒紋付《もんつき》を重ねているが、絽《ろ》の夏羽織《なつばおり》にすればよかった、と後悔した。

いや、それでは礼を失する。

訪ねるのは水戸徳川家当主にして従三位《じゅさんみ》権中納言《ごんのちゅうなごん》斉昭《なりあき》である。天下の副将軍を自任する斉昭の御前に侍《はべ》るのだ。外記召致《しょうち》の連絡を寄越した斉昭の側用人《そばようにん》、藤田東湖《ふじたとうこ》からは略装で構わないと言われていたが、そういう訳にはいかない、と正装してきたのだった。

歳か、と嘆《なげ》いたように齢《よわい》五十を超えているが、言葉とは裏腹なきびきびとした所作、五尺（約百五十二センチ）そこそこの小柄《こがら》でありながら一角《ひとかど》の武芸者の風格を漂わせている。目鼻立ちが整った柔和《にゅうわ》な顔、総髪《そうはつ》に結った白髪交じりの髪が豊かに波打ち肩に垂れていた。

家臣の案内で屋敷内を進む。

夜五つ（午後八時）を過ぎ、空を上弦《じょうげん》の月が彩《いろど》っている。

十万坪を超す広大な敷地とあって、案内人《あないにん》がいなければ目指す建屋に辿り着けない。

外記は水戸家当主、斉昭の招きで訪れたとあって丁寧な応対をされ、提灯《ちょうちん》で足元を照らされながら斉昭が待つという庵《いおり》へと向かった。小道の両側に竹林が広がっている。

夜風が吹き、葉擦《はず》れの音が波のように寄せては返す。

と、だしぬけに案内の家臣が竹林に駆け込んだ。

足元が暗くなり、左右から竹が倒れて来た。

咄嗟《とっさ》に、外記は飛び退《の》いた。目の前に音を立てて竹が折り重なり、土埃《つちぼこり》が立った。

間髪を容れず、竹林から侍《さむらい》たちが躍り出た。額《ひたい》に鉢金《はちがね》を着け、襷掛《たすきが》けを施《ほどこ》している。

総勢十人の侍が揃って抜刀した。

刀身が月光を弾《はじ》き、外記に無言の威圧を与える。

倒れた竹を回り込み、敵が外記に殺到した。

外記は積み重なった竹の山を上った。

三人が外記を追って来たが、竹に足を滑《すべ》らせ転倒した。

竹の上で外記は足を踏ん張り、両手で足元の竹を持つと敵に目がけて投げつけた。敵はひるんで動きが乱れた。

すかさず外記は竹の山から飛び降り、小道の左側に広がる竹林の中に駆け込んだ。

竹林の中で外記は口から大きく息を吸い、小刻みに鼻から吐き出す。全身に血潮が駆け巡り、丹田《たんでん》に精気《せいき》が蓄積《ちくせき》してゆく。頬が火照《ほて》ったが汗は滲《にじ》まない。

敵は様子を窺《うかが》いながら竹林に近づいて来た。みな、表情を引き攣《つ》らせ、汗だくとなっていた。

精気が漲《みなぎ》ったところで、外記は竹林を飛び出した。

敵は刀を構え直した。

外記は腰を落とし、左手を腰に置き、右手を突き出し、

「でやあ！」

雷鳴のような怒声《どせい》を放った。

夜更《よふ》けというのに巨大な陽炎《かげろう》が立ち昇る。

敵が陽炎の中で揺らめいた。

蟬の鳴き声がやみ、竹林の葉擦れも聞こえない。

時が沈んだかのような静寂が訪れるや、巨人に張られたように敵は倒れた竹の山と共に吹き飛んだ。

敵と竹はひと塊《かたまり》となって小道を挟んで反対側の竹林に落下した。

悲鳴と共に蟬が鳴き出した。

気送術《きそうじゅつ》が炸裂《さくれつ》したのだ。

気送術とは、菅沼家伝来《でんらい》の秘術である。呼吸を繰り返し、精気を丹田に集め満ち足りたところで一気に吐き出す。気送術を受けた者は見えない力によって突き飛ばされ、中には失神する者もいる。

菅沼家の嫡男《ちゃくなん》は元服《げんぷく》の日より、気送術習得の修業が始まる。当主について日々、呼吸法、気功法《きこう》の鍛錬《たんれん》をし、時に一カ月の断食《だんじき》、三カ月の山籠もりなどを経て五年以内に術を会得《えとく》しなければならない。会得できぬ者は当主の資格を失い、部屋住みとされた。

無事会得できたとしても、術の効力は低い。精々《せいぜい》、子供一人を吹き飛ばすことしかできない。しかも、丹田に気を溜めるまでに四半刻《しはんとき》（約三十分）ほども要する。気送術を放つ時には全身汗まみれとなりぐったりして、術を使う意味を成さない。

会得後も厳しい鍛錬を重ねた者、そして生来の素質を持った者のみが短い呼吸の繰り返しで丹田に気を集めて大の男を飛ばし、術を自在に操ることができるのだ。外記は三十歳の頃には菅沼家始まって以来の達人の域に達していた。

外記は悠然と立ち尽くした。

「菅沼外記、見事じゃな」

小道を身形《みなり》のよい中年の侍が歩いて来た。斜め後ろに藤田東湖が従っていた。

「水戸さま、座興《ざきょう》がお好きのようでございますな」

外記は片膝をつき、一礼した。

「うむ、たわむれが過ぎたようじゃ。許せ」

斉昭はくるりと背中を向け、歩き出した。

藤田について外記も小道を進み、藁葺《わらぶ》き屋根の庵に着いた。庵の前には毛氈《もうせん》が敷かれ、外記は座すよう藤田に勧められた。斉昭は縁側に腰を落ち着け、外記を見下ろした。藤田は縁側の下で蹲踞《そんきょ》の姿勢を取った。

藤田東湖がこの場に陪席《ばいせき》を許されているのが、斉昭の信頼感を物語っている。藤田は後期水戸学の祖《そ》と称される藤田幽谷《ゆうこく》の次男であり、彼自身も優《すぐ》れた学識を身につけ水戸家の大事業、『大日本史《だいにほんし》』編纂《へんさん》を司《つかさど》る彰考館《しょうこうかん》の編修を務めた。その後、斉昭の側用人に抜擢され藩政改革に尽力している。

「菅沼外記、水戸家の隠密《おんみつ》となれ」

前置きもなく、斉昭は命《めい》じた。

「ありがたいお誘いですが、それはできません」

きっぱりと外記は断った。

菅沼外記は、忍び御用を役目とする公儀御庭番《こうぎおにわばん》だった。だった、というのは二年前の四月、外記は表向き死んだことになったからだ。以後、死を装《よそお》い生きている。忍び御用とは、戦国の世の忍びの如《ごと》く、暗殺も辞さない隠密の探索を言う。

忍び御用を担った凄腕《すごうで》の外記が、そんな理不尽な生き方をしなければならなくなったのは、将軍徳川家慶《いえよし》の命を受け、元公儀御小納戸頭取中野石翁《おこなんどとうどりなかのせきおう》失脚の工作を行ったことに起因する。

石翁は、養女お美代《みよ》の方を大奥へ送り、先代将軍家斉《いえなり》の側室とした。お美代の方は数多《あまた》いる側室の中でも最高の寵愛《ちょうあい》を受けた。石翁は家斉のお美代の方への寵愛を背景に、巨大な権勢を誇示《こじ》した。大奥出入りの御用《ごよう》商人の選定はもとより、幕閣《ばっかく》の人事にまで影響力を持った。

傾《かたむ》いた幕府財政を建て直すべく改革を行おうとする家慶と老中首座水野越前守忠邦《ろうじゅうしゅざみずのえちぜんのかみただくに》にとって、既得権益の上に胡坐《あぐら》をかく石翁は大きな障害だった。そこで、外記に石翁失脚の忍び御用が下されたのだ。

外記の働きにより、石翁は失脚した。すると、水野は口封じとばかりに外記暗殺を謀《はか》ったのである。外記は間一髪《かんいっぱつ》逃れた。外記は表向き死んだことになり、家慶によって、自分だけの命を遂行《すいこう》する御庭番、つまり、「闇《やみ》御庭番」に任じられた。

この頃水野が推し進める改革、極端な奢侈禁止により、江戸の町は火が消えたようになっていた。

改革は必要であるが、行き過ぎは庶民を苦しめるばかりである。水野やその懐刀《ふところがたな》である公儀目付鳥居耀蔵《こうぎめつけとりいようぞう》の行き過ぎた政策にお灸《きゅう》を据える役割をも遂行することになったのである。

斉昭は外記から視線を外さずに、

「余《よ》の頼みを聞けぬと申すか」

と、外記を睨んだ。

「わたしは上《うえ》さまの闇御庭番でござります。水戸さまだけでなく、他家にお仕《つか》えすることはできません」

毅然《きぜん》と外記は言い返した。

斉昭は表情を和《やわ》らげ、

「よかろう。無理《むり》強《じ》いはせぬ」

意外にもあっさりと引っ込んでくれた。

藤田が言葉を添えた。

「中納言さまは菅沼どのの腕を高く買っておられる。できれば、水戸家にて召し抱えたいところなれど、菅沼どののご事情はよくわかる。水戸家に仕えるのではなく、中納言さまの御用を一つ受けては頂けぬか」

「わたしなんぞを雇《やと》われなくとも、水戸家はご立派な隠密組をお持ちなのではございませぬか」

外記が問いかけると、

「立派のう……まこと、立派なものじゃ」

斉昭は苦笑した。

訝《いぶか》しむ外記に藤田が説明をした。

「むろん、当家にも隠密組がある。隠密組は附家老《つけがろう》中山信守《なかやまのぶもり》どのによって束ねられておるのだがな……」

附家老とは徳川幕府創成期、御三家や将軍の連枝《れんし》大名家に派遣された家老たちである。

水戸家の附家老は代々中山家が担ってきた。

当代の附家老中山信守と斉昭の確執《かくしつ》は外記も耳にしていた。

斉昭は十四年前の文政《ぶんせい》十二年（一八二九）、病没した兄斉脩《なりのぶ》の跡を継いで水戸家当主となった。ただし、斉昭が家督《かとく》を相続するについて、水戸家中で賛否の声が上がっていた。

斉昭の苛烈《かれつ》な性格を嫌ったり、危ぶんだりする者、聡明さを水戸家当主にふさわしいと称《たた》える者とに分かれた。

中山は斉脩の死に際し、密《ひそ》かに幕閣と交渉し、将軍徳川家斉の子を水戸家当主に迎えようとした。このことが家中で漏れ、御家騒動に発展しそうになったが、斉脩の遺書が見つかった。

遺書には、斉昭に家督を継がせたいと記されていた。この遺言により斉昭は水戸家当主となったのである。

当然、斉昭には中山への遺恨《いこん》が残った。

当主就任後、斉昭は中山を始めとする反斉昭派が懸念した幕府を刺激する政策を断行している。海防《かいぼう》が叫ばれている昨今の世相《せそう》を斉昭は見過ごしにはせず、領内で軍事調練《ちようれん》を行い、寺院の鐘を没収して鋳潰《いつぶ》し、大砲製造に利用していた。何時《いつ》、幕府に咎《とが》められてもおかしくはない、と戦々恐々としている者は少なくない。

「中山が束ねる隠密組じゃ。水戸家のためではなく公儀のための探索活動を担っておる。あ奴に探索は命じられぬ」

斉昭らしい歯に衣《きぬ》着せぬ言い方で水戸家の隠密組織を否定した。

おもむろに藤田は言った。

「菅沼どのに頼みたいのは、上知令《あげちれい》に関する探索でござる」

「上知令ですか」

外記は顎《あご》を撫でた。

上知令とは老中水野越前守忠邦が推進しようとする政策である。江戸と上方《かみがた》周辺の大名を転封《てんぽう》し、幕府直轄地《ちょっかつち》としようというのである。

水野の海防政策の目玉であった。

「水越《みずえつ》め」

斉昭は水野を「水野越前守」を略した「水越」と呼び蔑《さげす》んでいる。

二

「水越めは上知令に事寄《ことよ》せて水戸家の転封を企《たくら》んでおる、という噂がある。その真偽を確かめたのち、水野の上知令を潰したい。ついては、そなたの力を借りたいのじゃ」

斉昭は言った。

「探索に関しましてはお引き受け致します。その先、上知令を葬《ほうむ》るのはわたしの手には余りますので、ご勘弁《かんべん》ください」

条件付きで役目を外記が受け入れたのを見て斉昭は表情を和らげた。

「よろしくお願い致す」

藤田が紫《むらさき》の袱紗《ふくさづつ》包みを外記の前に置いた。外記は一礼して中味を検《あらた》める。二十五両の紙包み、すなわち切り餅が四つ、百両であった。さすがは水戸家、太っ腹である。

「足りなくなりましたら、遠慮なく申されよ」

藤田は言い添えた。

外記は一礼した。

表情を引き締め、斉昭は語り始めた。

「余は水越を買っておった。水越が進めておる改革には余も賛同する面が多々ある。贅沢《ぜいたく》華美《かび》を取り締まり、倹約《けんやく》に努める、それは武士たる者の本分である。この改革の精神は大いに広めるべきところである。武士の生き方を見直す考えには、よき老中であると思っておったが、あ奴はとんだ腰抜けであった」

斉昭が激《げき》してきたのを見て藤田が言葉を添えた。

「中納言さまは異国船打払い令撤廃に腹を立てておられるのです」

異国船打払い令は文政八年（一八二五）に制定された。日本の近海に出没するようになった外国船に対し、沿岸、湊《みなと》に接近したら、問答無用で砲撃し、追い払え、というものだ。

ところが昨年、阿片《あへん》戦争で清《しん》国がイギリスに敗北を喫《きっ》すると、水野は強硬姿勢から転じて薪《まき》や水を供給する薪水給与令《しんすいきゅうよれい》を制定する。

「そんな弱腰では西洋の国々に侮《あなど》られるばかりじゃ」

斉昭は憤《いきどお》った。

応答しない外記にかまわず斉昭は続けた。

「弱腰では、日本は西洋諸国の意のままとなる。ルソンをみよ、天竺《てんじく》をみよ。ルソンはイスパニアの領国となって久しい……神君家康《しんくんいえやす》公が江戸に幕府を開かれる以前には、すでにイスパニアの領有となっておったのだ」

外記は、「幕府」という言葉におやっとなった。「幕府」が公儀を指すことは外記も知っているが聞きなれない言葉である。

外記の反応に気づいた藤田が説明をしてくれた。水戸学では、武家政権を「幕府」と呼び、公儀は天皇を指す。あくまで将軍は天皇より委任され政《まつりごと》を担っている、との考えだという。

水戸家以外にも水戸学を信奉する武士たちの間で公儀を、「幕府」「徳川幕府」と呼ぶ者が増えているそうだ。ちなみに、鎌倉《かまくら》政権は「鎌倉殿《どの》」、室町《むろまち》政権は「室町殿」と呼ばれていたが、

「鎌倉幕府、室町幕府と呼ぶのがふさわしいでしょうな。話を戻すと、ルソンがイスパニアの領国となったのは、大永《だいえい》元年（一五二一）のことですから、東照大権現《とうしょうだいごんげん》さまが将軍宣下《せんげ》を賜《たまわ》った慶長《けいちょう》八年（一六〇三）の八十二年前だ。今日まで三百二十年余りイスパニ

アの支配下にあるのです」

藤田は説明してくれた。学識をひけらかす、というような嫌味は感じない。藤田東湖の知識が付け焼刃ではなく、学問を広く深く積んだ結果身についた教養がそうさせているのだろう。

斉昭は目を細め、

「東湖は物知りじゃ」

と、己《おの》が側用人を誇った。藤田は静かに一礼した。

斉昭は続ける。

「ルソンばかりではない。天竺の皇帝はエゲレスの傀儡《かいらい》となっておる。そして、此度《こたび》の清国じゃ。対岸の火事では済まぬぞ。このまま指を咥《くわ》えて海防を怠《おこた》っておればエゲレス、オロシャの属国《ぞっこく》となる……そうなれば、畏《おそ》れ多くも神武帝《じんむてい》以来の日本は滅《ほろ》ぶ。文永《ぶんえい》十一年(一二七四)と弘安《こうあん》四年(一二八一)に来攻《らいこう》した蒙古《もうこ》の大軍を撃退した鎌倉武士の如く、勇猛果敢《ゆうもうかかん》に立ち向かわねばならんのじゃ」

怒りに声を震わせ斉昭は言った。

正直、海防を論じられても外記には答えようがない。口を閉ざし斉昭が語り終えるのを待つ。

不愉快そうな素振りでも見せれば斉昭の機嫌を損ねる。嫌われるのは構わないが、斉昭の水野忠邦への憤りを知っておけば、今後水野、鳥居との対決に当たって有益になる。

斉昭の憤激を受けて藤田が続けた。

「水野さまは江戸、大坂《おおさか》周辺十里四方を天領《てんりょう》にすれば、外国の脅威を撥《は》ね退けられると考えておられる。直轄地に大砲を据えるなり軍勢を置くなりして警固《けいご》を強化しようというのだろう。また、江戸、上方は大名や旗本の領地が入り組んでおるゆえ、整備をしたい思惑《わく》もある。が、そもそも、軍備の増強には当然ながら金がかかる。果たして、領地を整備したところで莫大《ばくだい》な軍備の費《つい》えを賄《まかな》うことができるのかは不明だ」

江戸、上方には大名、旗本の本領もあるが、飛地《とびち》領も数多存在する。

上知令はすでに水無月《みなづき》一日に発布され、まずは江戸最寄り地から始められるという。率《そっ》先垂範《せんすいはん》とばかりに水野は浜松《はままつ》藩主として印旛沼《いんばぬま》周辺にあった飛地領百十二石《こく》を幕府に上納《じょうのう》した。

つまり、上知令は発布されたものの、直ちに実施には至っていない。対象となる地域に本領、飛地を所有する大名、旗本たちは替地を用意すると言われても長年に亘《わた》って統治してきた土地を離れたがらない。

それは、領地への愛着ばかりではない。

領地内の商人や農民からの借財があり、それらを返済しないことには商人、農民が承知しない。水野は替地に加えて借財返済への補助金を出す方針だが、それで賄えるものか不安が募《つの》っている。

また、農民は借財踏み倒しに加えて新領主となる幕府への危惧《きぐ》の念を抱いていた。年貢の取り立てが厳しくなる、と恐れているのだ。それは決して杞憂《きゆう》ではない。上知令の目的は海防に加えて財政収入の向上にあったのだ。

「上知令は大名、旗本、領民に総じて評判が悪く、幕閣においても反対意見が燻《くすぶ》っておる。領地の転封の曰くを海防という点に絞ってみても、仏《ほとけ》彫って魂《たましい》入れず、ではどうにもならぬ、と中納言さまは憂《うれ》えておられる。泰平《たいへい》に慣れた武士は戦《いくさ》を知らぬ。満足に刀を抜けぬ者も珍しくはない。鎌倉武士のように夷敵《いてき》相手に刀鑓《とうそう》を振るうなど夢物語である」

藤田の言葉を受け、

「東湖の申す通りじゃ」

斉昭はうなずく。

「杞憂に過ぎぬ、と菅沼どのはお思いか」

藤田に聞かれ、

「わたしは、手足となる者でしかありませぬ。政は領分外でございます」

外記が乗ってこないのを見て、

「まあ、よい」

斉昭は深くは踏み込んではこなかった。

「ならば、これにて失礼を致します」

外記は席を立とうとした。それを斉昭が引き留めて言った。

「皇女《こうじょ》、雛子《ひなこ》さまがお忍びで江戸にいらしておられるそうじゃ」

皇女……。

天皇の姫ということはわかる。しかし、皇女など無縁過ぎて想像もできない。外記が黙っていると今度も藤田が説明を加えた。

「今上の帝《みかど》が女官に産ませた姫であらせられる。都《みやこ》では御所ではなく市井《しせい》にお暮らしある。甘露屋《かんろや》と申して、都でも老舗《しにせ》の呉服屋《ごふくや》がお暮らしの面倒をみておる。此度は品川《しながわ》にある甘露屋の屋敷に逗留《とうりゅう》しておられるのだ」

藤田の言葉を引き取って斉昭が続けた。

「甘露屋の創業は応仁《おうにん》の乱の頃。以来、御所に出入りし、朝廷や公家衆《くげ》の信頼も厚い。品川の屋敷には珍しい趣向が凝《こ》らされておるそうじゃ。折あらば、余も雛子さまに御目通り願いたいと思っておる。上知令は上方も対象じゃ、朝廷も関心を示しておられよう」

用件が済み、帰ろうとする外記を引き留め、わざわざ雛子と甘露屋を持ち出すとは、斉昭には雛子や甘露屋がよほど気になるのだろう。

「甘露屋の品川屋敷には学者や絵師、俳諧師《はいかいし》、役者などが出入りし、連日華やいだ宴《うたげ》が催されておる」

藤田が言い添えた。

「奢侈禁止令にもかかわらず、ですか……皇女を庇護《ひご》する程の商人、朝廷との深い繫《つな》がりを持った甘露屋に水野越前守さまも遠慮しておられるのでしょうか」

外記の問いかけには藤田が答えた。

「雛子さまが甘露屋の屋敷に逗留なさっておられることを水野さまがご存じかどうかはわからぬ。ま、遠からずお耳に入るだろうがな。甘露屋の屋敷の贅沢《ぜいたく》ぶりを見過ごしているのは甘露屋と朝廷の関わりを配慮してのことであろう」

「畏れながら雛子さまが甘露屋の屋敷におわすこと、中納言さまのお耳に入ったのはいかなるわけでござりましょう」

改めて外記は藤田に疑問を投げかけた。藤田は斉昭を見上げ、答えていいのか目で問いかけた。斉昭がうなずいたのを確認し、

「中納言さまの御簾中《ごれんじゆう》登美宮吉子《とみのみやよしこ》女王さまより、お報《しら》せ頂いた」

藤田は答えた。

徳川幕府は大名の正室に対する呼称を定めている。将軍の正室は御台所、御三卿の正室は御簾中と呼ばれた。登美宮吉子は有栖川宮織仁《ありすがわのみやおりひと》親王の末娘である。時の帝、仁孝《にんこう》天皇は吉子女王が尊王《そんのう》心篤《あつ》い水戸家に嫁ぐことをお喜びになられたと伝わる。

「得心致しました」

外記は恭《うやうや》しく頭《こうべ》を垂れ、斉昭の御前から立ち去った。

水戸斉昭、噂以上に強い個性の持ち主であった。いいかげんな対応は許されない。

それと皇女雛子と甘露屋が気になる。甘露屋の屋敷には連日、学者、絵師、俳諧師、役者などが出入りしているそうだ。ならば、俳諧師を表の顔とする闇御庭番、村山庵斎《むらやまあんさい》と絵師を生業《なりわい》とする小峰春風《こみねしゆんぷう》に様子を探らせよう。

外記は裏門から広大な水戸藩邸を出る。

夜風にようやく涼が感じられた。

「さて」

そろそろ腹が減った。

帰宅の途《と》を急ごうと足を速める。と、闇の中に人の気配がする。外記は何食わぬ顔で歩いた。

長く続く練塀《ねりべい》が切れたところで外記は左に折れた。

足音が近づいてくる。

あっという間に侍に囲まれていた。

「どなたかな、と尋《たず》ねても答えてはくれまい」

外記は言った。

敵は前と後ろで六人である。

気送術を使おうかと思ったが一人が進み出て、

「菅沼外記どのですな。我ら水戸徳川家、附家老中山信守さまの使いでござる。失礼ながら中山さまにお会い頂きたい」

斉昭から中山の悪評を聞いた後だけに、興味がある。

「承知しました。ご案内くだされ」

外記が応じると侍たちは安堵《あんど》の表情を浮かべた。

外記は侍の案内で中山信守と会った。

水戸藩邸が差配する辻番所《つじばんしょ》である。

夜風を取り入れるため、窓は開け放たれている。小上がりの座敷で外記は中山と向き合った。中山は恰幅《かっぷく》のよい中年男だった。裃《かみしも》で威儀《いぎ》を正し、扇子《せんす》で忙《せわ》しく顔を扇《あお》いでいる。

「菅沼外記、凄腕の御庭番であるそうな」

中山は外記を見た。

「御用向きを承《うけたまわ》りましょうか」

外記は問い返した。

扇子を閉じ、中山は返した。

「その前に、中納言さまより依頼をされたであろう」

「……」

外記が黙っていると、

「返事をせずともよい。隠密たる者、依頼内容は明かしてはならぬからな。それに、大体の察しはつく。上知令のことであるな」

中山の推測にも口を閉ざしていると中山は話を続けた。

「中納言さまは上知令を相当に警戒しておられる。勘繰《かんぐ》りが過ぎる余り、水戸家が転封されると思い込んでおられるのじゃ。わしはな、中納言さまをお支えするのが役目であり、同時に附家老として中納言さまの政の誤りを諫言《かんげん》せねばならぬ。水戸徳川家安泰に身命《しんめい》を賭《と》すのが役目である」

「わたしは水戸さまの政につきまして、どうのこうのと賢《さか》しらに意見を申す立場にはございません。もし、御用向きが中納言さまの政に関することでしたら、筋違いと存じますので、これにて失礼致します」

外記は腰を上げようとした。

「まあ、待て」

鷹揚《おうよう》な面持《おもも》ちで中山は制した。

浮かした腰を外記は再度落ち着けた。

「その方に頼みがある。中納言さまの勘繰りを解《と》いてもらいたい」

「それはどういうことですか」

中山の言葉を斟酌《しんしゃく》するように外記は返した。

「上知令は水戸家には適用されない、ということを中納言さまにおわかり頂きたいのじゃ。よって、上知令の対象に水戸家は入っていない、ことを明らかにしてもらいたい」

中山は言った。

「江戸より十里四方が対象だそうですが……」

外記は言った。

「しかし、それもはっきりとはしておらぬ。令の内容の明確な提示はないゆえな。加えて、御老中水野越前守さまはご自身が印旛沼近くの飛地領を上納された。僅《わず》か百石余りの領地であるが、印旛沼は十里の外じゃ。水戸家の領地常陸《ひたち》とて油断はならぬ、と中納言さまは懸念《けねん》なさっておられるのじゃ。水野さまの真意を知りたい」

中山は言い添えた。

「もし、水野さまの狙いが水戸家の転封にあるとしたなら、いかがなされますか」

「水野さまは水戸家をないがしろにはしないのだ」

中山は断じた。

「つまり、中納言さまにそう信じて頂けるような探索結果を持ってこい、ということですか」

外記はにたりと笑った。

「そなたは、そう聞くとよからぬことと思うであろうが、わしは何も中納言さまを陥《おとし》いれようとは思わない。ただ、中納言さまにはもう少し公儀との関係を良好に保《たも》って頂きたいのだ」

中山が斉昭のように、「幕府」とは呼ばず、公儀と言ったのが斉昭への反発を感じさせる。悩ましそうに中山が語るところによると、斉昭が当主になる以前は、水戸家には幕府から年間一万両の助成金が出ていた。それを斉昭は断ったのだそうだ。

「中納言さまは公儀の手助けがなくとも水戸家はやっていける、とおっしゃり、お蔭《かげ》で御《お》家《いえ》の台所は火の車じゃ。いや、公儀よりの一万両の助成がなくて台所が傾いたのではない。水戸家は物産の扱いが小さい。収入の九割が米や大豆といった農産品である」

水戸家は紙、煙草《たばこ》、紅花《べにばな》、蒟蒻《こんにゃく》を特産品としていたが、その割合は一割余りである。それら特産品は専売制を取って商人に扱わせていたが、

「中納言さまは御家の管轄《かんかつ》とし、藩邸内に会所を設けて商うようにされた。その結果、商いに不得手《ふえて》な武士が物産を取り扱ってうまくいくはずはなく、赤字続きじゃ。餅は餅屋、以前のように商人に任せておけばよいものを。しかるに中納言さまは、家中の者が商人どもと結託し、不当な利を上げ、賂《まいない》を受け取っておる、と決めつけて御家の専売制となさったのじゃ。よしんば、家中の者が多少の袖の下を受け取ろうが、御家に利をもたらせばよいのにのう」

語るにつれ、中山は斉昭への不満を募らせていった。

水戸家の財政は傾いたが、斉昭は海防を充実すべしと、大砲、鉄砲を製造、軍事調練に莫大な金を費やしているのだ。

「中納言さまも本音では公儀からの一万両をお受けしたいはず。しかし、公儀との関係がぎくしゃくしておっては、それも叶わない……」

幕府と水戸家との融和《ゆうわ》を図りたいのだ、と中山は強調した。

「何やら、わたしには手に負いかねますが、ともかく、上知令に関しては探索をしたいと思います」

外記は言った。

「うむ、そうしてくれ」

中山は懐中から、探索費用を取り出した。

「これは頂戴できません」

斉昭から探索費を受け取ったと外記は打ち明けた。

「構わぬではないか。邪魔になるものでなし」

中山は受け取るよう勧めたが、

「それは、隠密の信義に反します」

と、外記は言った。

「その態度やよし」

中山は外記の態度を賞賛した。

中山の面前を辞《じ》し、辻番所を出た。

水戸家の内紛《ないふん》は根深い。上知令を巡って斉昭と中山の対立が深まれば、御家騒動になりかねない。そうなれば、喜ぶのは老中水野越前守忠邦だ。

水野は公然と水戸家の御家騒動に介入するだろう。

闇に巨大な陰影を刻む水戸藩邸を外記は眺めやった。

と、森閑《しんかん》とした往来に人の気配を感じる。

中山の手の者たちのようなあからさまな人気《じんき》ではないが、背中に刺すような視線を感ずる。

外記は歩みを止めることなく、様子を窺う。

四辻《よつつじ》に至ったところで、さっと右折した。目についた天水桶《てんすいおけ》の陰に身を潜《ひそ》ませる。

遠くに犬の遠吠えが聞こえる。

人気は消えたが、外記の胸に何とも不気味な影を落とした。

三

翌十一日の昼下がり、江戸城西《にし》の丸《まる》下にある老中水野越前守忠邦の上屋敷に南町奉行、鳥居甲斐守《かいのかみ》耀蔵が面談に訪れた。奥書院《おくしょいん》で二人は密談に及んだ。

「上知令、発布はしたが中々進まぬ。が、止めるわけにはいかぬ。年内には一定の成果を出す」

水野は決意を述べ立てた。

「御意《ぎょい》にございます」

鳥居はうなずく。

「順調に進むと思うか」

水野が問いかけると、

「率直に申しまして相当な抵抗が生じると思います。水戸中納言さまなどは、露骨に反対を唱えておられますぞ」

鳥居は憂いを示した。

「水戸中納言斉昭……実に厄介《やっかい》なるご仁《じん》であるな」

「いかがでしょう。水戸さまの弱点をつかれては」

鳥居は言った。

「弱点……このところ、水戸家附家老中山信守どのからは、年一万両の支給を再開して欲しいとの要望がある。中納言さまが断った水戸家助成の一万両じゃ。公儀としては中納言さまから正式な申し出がない限り、一万両の助成は再開できぬ。ところが、中山どのが嘆いておられるほど水戸家の台所は苦しいようだ。助成金再開を条件に上知令への賛成を取りつけるか」

水野の考えに、

「それはよきお考えとは存じますが、誇り高き中納言さまのご気性を考えれば、難しいかと」

鳥居は異を唱えた。

「そうじゃな」

水野もうなずいた。

「しかし、真の弱点がありますぞ」

鳥居は思わせぶりな笑みを浮かべた。

「それは……」

水野は首を捻《ひね》る。

「尊王です」

「いかにも水戸家は光圀《みつくに》公以来、尊王心の篤い家柄だ。それゆえ、公儀に対して尊王心が薄いだの海防が手ぬるいだのと、中納言さまは申しておられるのだ。天子さまの日本を汚《けが》らわしき異国から守れ、とな」

水野は苦笑した。

「それでございます。もし、上知令を禁裏《きんり》もご支持くださるのであれば、中納言さまも反対はなさらないのではないでしょうか」

鳥居は言った。

「いかにもその通りであるが、神君家康公以来、禁裏が政に対して意見を差しはさむことはご法度《はっと》じゃ」

水野が言ったように、幕府創成期、徳川家康は禁中並《きんちゅうなら》びに公家諸法度を定めた。その第一条に天皇の行動を規定している。天皇は学問に精進《しょうじん》すべし、と定めているのだ。以来、天皇や公家が幕政に口出しすることは禁じられている。

「よって、上知令について禁裏に意見を求めることなどできぬ。もし、意見を求め禁裏や公家が政に口を挟むようになったなら、公儀の政は乱れる。大名の中には公家どもをそそのかす者も現れよう」

「さしずめ、水戸中納言さまは、その最《さい》たる者となりましょうな」

鳥居もうなずいた。

「よって、禁裏を頼ることはできぬ」

水野は断じた。

「しかり」

いったん、鳥居は納得した。

しかし、

「ですが、禁裏から水戸さまに要望という形でお伝えして頂いたとしたらどうなのでしょうか」

鳥居らしい陰謀めいたことを言った。

「そんなことができるのか」

水野は疑わしそうだが期待の籠もった目をした。

「でき申す」

鳥居はにんまりとした。

「いかにする」

水野は言った。

「雛子さま──」

鳥居は言った。

水野が訝しんだ。

「天子さまの皇女、雛子さまが江戸にいらしておられます」

「まさか」

水野は疑った。

「品川にある呉服屋甘露屋の寮《りょう》に逗留しておられます。江戸にいらした目的は富士の山と江戸を見物なさりたいからだそうです」

「物見遊山《ものみゆさん》か」

水野は苦笑した。

「雛子さまは好奇心が旺盛《おうせい》なお方だそうです。都でも僅かな侍女《じじょ》を連れただけで洛中《らくちゅう》を散策なさるとか」

という鳥居の話に、

「眉唾《まゆつば》のように思えるが……甘露屋と申せば足利《あしかが》の世より続く呉服屋であるな。禁裏や公家の屋敷にも出入りしておる。わしが京都所司代《きょうとしょしだい》を務めておった頃、甘露屋は二条城《にじょうじょう》の御用達であったゆえ、主人宗軒《そうけん》の挨拶を受けたな」

懐《なつ》かしげに水野は目を細めた。

水野が京都所司代を務めたのは文政九年（一八二六）、今から十七年前だ。

「皇女雛子と甘露屋が結びつかないのか、水野は半信半疑の様子で首を捻った。

「皇女と申しましても天子さまが女官《にょかん》に産ませた御落胤《ごらくいん》だそうです。よって、禁中では皇女としては遇されておりません。普段は洛中に与えられた屋敷でお暮らし、とか。その御屋敷も甘露屋宗軒の世話になるものだそうです」

「なるほどな」

それは面白い、と水野はうなずく。

「ですが、たとえ御落胤であっても、その言葉は重く、畏れ多いことながらこちらにつけることができれば、心強き味方になるのではないでしょうか」

水野は鳥居の考えに賛意を示してから、

「甘露屋宗軒という者、食えぬ男という印象であった。腹の底を探らせぬ。温和な顔つきでしっかりと利を得ておった。二条城の勤番《きんばん》どもの衣服は安価に提供しておきながら、身だしなみにだらしなくては徳川の名折れとなります、とか申して余計な枚数を納めておった」

京都の夏は暑い、と夏物の衣類を余計に納め、冬になったら京都の冬の厳しさを訴えてこれまた沢山《たくさん》の冬物を納めた。単価を下げ、良心的な商いを装って大量に衣類を納め、いわば薄利多売で利を得ていた。奉公する女中たちには衣類ばかりか小間物《こまもの》までもしっかり売っていた。

「人の好《よ》さげな笑顔を振りまき、そのくせ親切ごかしな商人であった。公家ども同様、下心《したごころ》を見せぬ貉《むじな》のような男であったな」

水野は失笑した。

「そう言えば、都の甘露屋本店では雛子さま仕様という着物、小間物を売っておるそうです。雛子さまが身に着ける着物や小間物は都の娘たちの間では評判となるそうです」

「皇女の着物……どのような代物《しろもの》であろうな。まさか、十二単《じゅうにひとえ》や長袴《ながばかま》ではあるまいが……」

「申しましたように雛子さまは少数の侍女を連れた洛中散策がお好きということで、普段着は町娘と見られる装いであるそうです」

「なるほど、甘露屋は雛子さまを、流行りの着物を売り出すのに利用しておるのじゃな。御屋敷や暮らしのお世話をしておるのは、しっかりとした算盤勘定《そろばんかんじょう》を伴ってのことか。したたかな男じゃ。となると、雛子さまの江戸見物にも甘露屋宗軒は算盤を弾いておるのだろう」

「江戸の出店でも、雛子さま仕様の着物や小間物を大々的に売り出そうという魂胆《こんたん》でしょうか」

鳥居の問いかけに水野は、「そうであろう」と答えたものの不安が募ったようで、思案を巡らすように切れ長の目をしばたたいた。

やがて、

「それもあろうが、もっと大きな算段があるのかもしれぬ。そう、水戸中納言さま……」

「水戸家への出入りですか。確かに甘露屋宗軒は水戸藩邸出入りを願い出ておると、耳にしました」

「加えて上知令じゃ。雛子さまを通じて禁裏に上知令反対の姿勢を取って頂く、と宗軒は水戸中納言さまに持ちかけるかもしれぬ。しかるべき謝礼を求めてな」

水野の考えに鳥居はうなずき暗い目をした。陰謀好きの鳥居が好みそうな筋書きである。

「勘繰り過ぎかもしれぬが、水戸家に接近しておる狙いは上知令潰しに加担し、利を得ようとしておるのかもしれぬ。あの狢なら考えそうなことじゃ」

口に出してから水野は自分の考えを確信したようだ。

「では、こちらも宗軒に近づいてはいかがでしょう。こちらは上知令成就《じょうじゅ》の手助けを頼むのです。雛子さまを通じ、禁裏にご賛同を頂く……表立って政への口出しはお出来になれませぬが、畏れ多くも天子さまの御内意《ごないい》として水戸家にお伝え頂ければ、尊王心篤い中納言さまも異を唱えることはなかろうと思います」

鳥居は生き生きとした表情になった。

「しかし、既に宗軒は水戸家と接触しておるぞ」

水野は危惧した。

「水野さまは申されたではありませぬか。宗軒は貉の如き商人じゃと。大奥出入りと御用金免除を餌《えさ》になさってはいかがでしょう。宗軒めは我らと水戸家を両天秤《りようてんびん》にかけるでしょう。結果、利の大きな方を選ぶは必定《ひつじよう》。いかに水戸家といえど、公儀とは比《くら》ぶべくもありませぬ」

鳥居の考えに水野はほくそ笑《え》んだ。

今月、印旛沼干拓の普請が始まったのを機に、幕府は上方の富商《ふしよう》に約百十五万両という巨額な御用金を課した。名目は、窮民《きゆうみん》救助その他の仁政《じんせい》を行う幕府新政を助け奉《たてまつ》る、という極めて抽象的なものであった。使途《しと》が明確にされていないため、対象となる上方の商人たちに不満が広がっていた。

使途不明の御用金課しは水野の改革がうまくいっていないことを窺わせ、上知令と相まって水野は評判を落としている。

水野としては何としても上知令を成就させ、改革を推し進めたい。禁裏を味方につけるのは大きな成果となる。

「よかろう。宗軒を味方に引き入れる」

水野は決めた。

「それには、雛子さまのお気持ちもこちらに向けねばなりませぬ」

鳥居の考えに、

「その通りじゃな。水戸中納言さまも雛子さまには関心を示されよう。中納言さまに取り込まれる前に近づかねばならぬ」

江戸見物にやって来た皇女は、政争の道具になろうとしていた。

「さすがの水戸中納言さまも、皇女相手にはご自分の言い分を貫くことはできないものと存じます」

鳥居は満足そうに断じてから話題を変えた。

「ところで、菅沼外記、やはり生きておるようです」

「……そうか、菅沼外記がのう。して、今、何をしておるのじゃ」

素《そ》っ気《け》ない口調で水野は問い返した。

皇女、禁裏、室町時代からの商人の話題の後とあって水野はさして関心がないようだ。

「配下の者らを使いまして、水野さまの改革を邪魔するような行いを繰り返しておるようです」

「ふん、何のためにそんなことを……あ奴、我らを恨《うら》んでおるのか」

「それもありましょうが。菅沼外記を雇う者がおるのかもしれません」

「誰じゃ」

「目下《もっか》は水戸中納言さま……」

鳥居は言った。

「それはありそうじゃのう。じゃが、どうしてわかったのじゃ」

水戸斉昭の名が出て水野は外記への関心を強めた。

「附家老、中山信守さまからお報せを頂きました」

報告が遅くなりました、と鳥居は詫びた。

「中山どのが……」

水野は思案を巡らすように言葉を止めた。

「中山さまによりますと、中納言さまは上知令に関する探索を菅沼外記に依頼したようでございます。上知令に事寄せて、水戸家が転封になるのではないか、そのように中納言さまは勘繰っておられます」

「よき勘をしておられるではないか」

水野は薄笑いを浮かべた。

「さすがでござりますな」

鳥居も皮肉げに斉昭を賞賛した。

「まこと、油断ならぬお方よな。水戸家を転封させるなどと耳に入れられたなら、その時は……」

「いくら中納言さまでも、公儀の決定に抗《あらが》うことはないでしょう。御三家でござりますぞ」

水野の危惧を鳥居は打ち消した。

「いや、油断はできぬ。激しいご気性だ」

「ですが、所詮は三十五万石の身代《しんだい》でござりますぞ」

という鳥居の判断を、

「侮ってはならぬ。なるほど、石高から見れば公儀の敵ではない。だがな、水戸家は領内で軍事調練を行い、寺院から鐘を没収して大筒や鉄砲を製造、海防に備えておる。対して、上さまの御身辺を御守りする旗本どもの情けないことこの上ないではないか。旗本ばかりではない。水戸領に攻め込もうにも当てにできる大名も見当たらぬ。上さまの日光東照《にっこうとうしょう》宮《ぐう》参拝に供奉《ぐぶ》させた大名ども、随分と人数を減らした行列を許したにもかかわらず、出費を嘆いておったではないか」

年来の不満を思い出したか、水野は顔をしかめた。

「確かに泰平に慣れ切った旗本どもではろくな働きはできぬでしょう。何しろ、刀を抜いたこともない者どもが珍しくはないのですからな。それに、先だって行った大川《おおかわ》での水練《すいれん》、溺《おぼ》れる者が珍しくなかった、とか。実に不甲斐《ふがい》ない。神君家康公が御覧になったなら、さぞや肩を落とされ、お怒り召されることでしょう」

鳥居が言ったように徳川家康は武芸十八般の内、水練を特に重視した。負け戦になり退却する際、川があったら泳がねばならない。泳ぎばかりは家臣に身代わりをさせることはできない、という理由だ。このため、徳川歴代将軍は泳ぎ達者ばかりで、将軍を守る旗本も水練上手でなければならない。ところが、泰平が続いて泳げない旗本が珍しくないのだ。

「そんな様《ざま》じゃ。数を頼めば公儀の軍勢が負けることはなかろうが、相当な損害が予想される。そうなれば、公儀の台所は大きく傾き、威信《いしん》も低下する。ひょっとしたら、水戸攻めの最中をつき、異国が付け入るかもしれぬ。天下は乱れよう」

水野の懸念は決して大袈裟《おおげさ》なものではない。

「御意にございます」

鳥居も賛同した。

「そこを何とかせねばならない。中納言さまに納得していただかなければならぬぞ」

「中納言さまの力を封じる必要がございますな」

「そのためには禁裏を味方につけることじゃ」

水野の言葉にうなずき、

「甘露屋宗軒と雛子さまが鍵となりますな……ところで、菅沼外記のこと、いかが致しましょう」

「ひとまず捨ておけ。むろん、我らに邪魔立て致すなら始末せねばならぬが、菅沼外記如きに煩わされることはない」

水野の下知にうなずき、鳥居は陰謀を巡らすかのように暗い目をした。

四

明くる十二日の昼、外記の依頼を受け、闇御庭番の村山庵斎と小峰春風は品川にやって来た。二人とも酷暑の中、黒の十徳《じっとく》を身に着けている。

俳諧師を表の顔としている村山庵斎は小柄な外記とは対照的に、痩せた長身の男だ。口と顎に真っ白な髭《ひげ》を蓄えている。外記より五つ上の五十六歳、三十年以上にわたる付き合いで、いわば外記の右腕である。

小峰春風は絵師で生計《たつき》を立てている。口と顎に真っ黒な髭を蓄えた中年男である。絵は独学だが、その写実的な画風は人であろうと建物、風景であろうと正確無比に描き出すことができる。

品川の小高い丘の上に広大な屋敷がある。品川の海を見下ろせ、好天の空には房総《ぼうそう》半島も見える。

屋敷の主は武家ではない。京都に本店を置く甘露屋の主人、宗軒であった。甘露屋は応仁の乱の後に京都御所の南、甘露町で呉服商を開いて以来の老舗であった。

京都御所に出入りをし、公家や足利将軍家、織田信長《おだのぶなが》、豊臣秀吉《とよとみひでよし》の御用達ともなった。徳川幕府成立後は二条城に出入りし京都所司代を通じて幕府の御用を担ってきた。

当主は代々、「宗軒」を名乗り今は二十代目である。江戸嫌い、徳川嫌いの京都の人々の中には、「徳川はんは十二代、甘露屋は二十代、いやいや天子さまは百二十代」と評判する者もいるそうだ。

京都の老舗の呉服商ともなれば歴代の宗軒は金儲けに汲々《きゅうきゅう》とせず、文化、芸術、芸能にも理解を示し、彼らの保護者にもなってきた。いわゆる遊行《ゆぎょう》の者の出入りも受け入れているため、各国から様々な情報が入ってくる。

また、呉服業の傍ら、貸金業も営んでおり、西日本の大名を中心に大名貸しも行っていた。

そんな甘露屋の江戸屋敷である。贅《ぜい》を尽くした住まいなのだろうと、中に入った。

広大な庭園が広がっている。江戸城の吹上御庭《ふきあげ》には及ばないものの、国持《くにもち》大名の下《しも》屋敷並みの規模と壮麗《そうれい》さを誇っていた。いや、壮麗という点では凌駕《りょうが》しているだろう。

目にまぶしい青草の芝生《しばふ》が広がり、季節ごとの花、樹木が競うように植えられ、大小さまざまな形をした庭石、檜《ひのき》造りの数奇屋《すきや》や茶屋が点在していた。

庵斎と春風は、

「凄《すご》いですな」

などと言い合い、口髭を撫でながら歩いた。

宗軒からは普段着でおいでください、と伝えられていたため、俳諧師や絵師らしく黒の十徳を着てきたが、二人とも羽織、袴に身を包んでくるべきだったと後悔した。

檜の香が鼻孔《びこう》に忍び入る。

入り口で頭を丸めた若者が出迎えた。白の道着《どうぎ》を身に着け、きびきびとした所作で案内に立った。宗軒は書院で待っているそうだ。

廊下を奥に進み、突き当たりの座敷で若者は正座をした。

「旦那さま、村山、小峰両師匠、お着きでございます」

襖《ふすま》越しに声がかかると、

「お通ししなさい」

大きくはないがよく通る太い声が返された。師匠と呼ばれ慣れている庵斎には抵抗がないが、「春風さん」で通っている春風は尻がこそばゆくなった。

若者は襖を開けた。広々とした座敷である。左右の土壁《つちかべ》には書棚が並び、書物が整然と収納されている。庭に面する障子《しょうじ》が開け放たれているため、陽光が部屋全体に溢れていた。庭には孔雀《くじゃく》が放し飼いにされている。目にも鮮やかな羽を広げ、庵斎と春風を歓迎してくれているようだ。

これを見ただけで、庵斎は一句を捻り、春風は一筆描きたくなった。

黒檀《こくたん》の文机《ふづくえ》の前に座し、背を向けている男が甘露屋宗軒であろう。髷《まげ》ではなく漆黒《しっこく》の髪を総髪に結い、白絹《しろぎぬ》の小袖に濃紺《のうこん》の袴を穿《は》いていた。宗軒は筆を置くと、こちらに向いた。

細面《ほそおもて》で細い目、薄い眉、頬骨が張り、商人というより学者、いやむしろ公家といった風である。五十路《いそじ》を迎えたそうだが黒々とした髪、艶《つや》のある肌のため、十歳は若く見える。

「ようこそ、おいでくださいましたな。お二人の盛名《せいめい》は都にも聞こえておりますぞ」

江戸風の言葉遣いであるが声の抑揚《よくよう》にはんなりとした京ことばが感じられる。風貌《ふうぼう》と相まって都の有徳人《うとくにん》の威厳を漂わせている。

庵斎が高名な俳諧師であるのはわかるが、春風が高名な絵師とは世辞《せじ》もいいところだろう。

もっとも、庵斎が江戸では高名な俳諧師だと宗軒に信じさせたのは、あらかじめ贈っておいた巻物のおかげであった。

その巻物を宗軒は畳の上に広げた。庵斎の手による歴代俳諧師の師弟《してい》関係図である。足利の世に活躍した山崎宗鑑《やまざきそうかん》を起点とし、徳川の世に入ってから松永貞徳《まつながていとく》、西山宗因《にしやまそういん》、井原西鶴《いはらさいかく》、松尾芭蕉《まつおばしょう》、与謝蕪村《よさぶそん》、小林一茶《こばやしいっさ》の名が書き連ねられ、最後に、「村山庵斎」の名が記されていた。

著名な俳諧師の名が記されているが、そのあいだに聞いたこともない、もっともらしい名前が書かれている。作風も流派もばらばらの有名俳諧師を無理やりつないである。大名家の系図と同様、もっともらしく捏造《ねつぞう》された系譜であった。

それを庵斎は句会に持ち込んでは、自分が日本の俳諧文化を正統に受け継ぐ者であると、口八丁手八丁《くちはっちょうてはっちょう》で同席の者に信じ込ませてしまうのである。このため、村山庵斎はそれなりに江戸市中では知られた俳諧師であった。

幸いにして宗軒も信用してくれたようだ。

庵斎と春風は外記から甘露屋屋敷を探索せよとの命を受け、宗軒が俳諧師、絵師、役者などを出入りさせていることから、庵斎が近づいたのだった。

宗軒が春風まで誉《ほ》めているのは、連れの庵斎を気遣ってのことだろう。都人の気風、口で言っていることと腹の内は別、ということなのだろう。人の悪さか、あるいは、商人らしい人付き合いのよさともいえようか。

宗軒は腰を上げると、隣室とを隔《へだ》てている襖を開いた。毛氈が敷かれ、唐机と椅子がある。

「この屋敷には手前と奉公人たちが暮らしております。本日は、せっかく足を運んでくださりましたので、わが屋敷の珍しき趣向を見てもらいましょうか」

宗軒は廊下に出た。好奇心を疼《うず》かせ、庵斎と春風は続いた。

屋敷の裏手に出る。

渡り廊下で繋がった切妻《きりづま》屋根の建屋がある。周囲に広縁《ひろえん》が巡り、屋根の天辺を黄金の鳳《ほう》凰《おう》像が飾っていた。

初秋の日差しに煌《きら》めく鳳凰像は、屋敷の主、甘露屋宗軒その人が鳥の姿となって訪れる者を睥睨《へいげい》しているかのようだ。

広縁から中に入る。

広い座敷だ。ふわふわとした織物が敷かれ、宗軒が、

「阿蘭陀《オランダ》渡りの毛氈でカーペットと呼ばれるものです」

と、教えてくれた。

踏みしめると何とも心地よい。春風などは物珍しそうに足を大きく上げては下ろし、を繰り返した。

正面には銀色に輝く西洋の鎧《よろい》が飾られている。その両側には西洋の鑓《やり》と刀が陳列《ちんれつ》されていた。

目を見張るような猛々《たけだけ》しい武具であるが、庵斎と春風の興味は西洋の鎧よりも、広間の中央に置かれた異様な物に向けられた。

木の台に二本の七尺（約二・一メートル）ばかりの柱が立っている。二本の柱の頂《いただき》には木の板が通され、その下に巨大な刃が備えられている。また、柱の根元にも板が通され、板の真ん中に穴がくり抜いてあった。右の柱の頂からは紐《ひも》が垂れ下がっている。

庵斎と春風は台のそばに立ち、不気味に煌めく刃を啞然《あぜん》と見上げた。宗軒が庵斎の横に

立った。

「宗軒さん、これは……」

庵斎が問いかける。

宗軒は柱を撫でながら答えた。

「仏蘭西《フランス》国で作られた打ち首の道具ですわ。これをこさえたお人の名前から、ギロチンと呼ばれております。横の紐を引くと、刃が落ちてきてあっと言う間に罪人の首を落とすのですな。仏蘭西国では五十年ほど前、民が大がかりな一揆《いっき》を起こしましてな、帝や公家をこのギロチンで打ち首にしたそうですぞ。いやはや、西洋人は血の気が多いですな」

宗軒は肩をそびやかした。

庵斎も春風も言葉を失くし、ギロチンに見入った。

宗軒は二人に向き、

「ところで、晒《さら》し首のことをどうして獄門《ごくもん》と言うかご存じですか」

と、問いかけた。

「さて……」

庵斎は首を傾《かし》げて春風を見た。

「そう言えば、どうしてなんでしょうな。特に気にしていなかったですなあ。どうしてなんでしょう」

春風は宗軒に反問した。

うなずくと宗軒は語った。

「平安《へいあん》の御代《みよ》ですな。その頃、都は検非違使《けびいし》が守っておりました。検非違使の役所には捕縛した罪人を押し込めておく獄がありました。その獄から罪人を引き出し、獄の門前で首を刎《は》ねたのです。刎ねた首は門前に晒したのですな」

「なるほど、検非違使庁の獄の門前で晒し首にしたから獄門ですか。この耳学問、知り合いに披露してやりますぞ」

感心して春風は言った。

宗軒は続けた。

「時が移り変わり、お武家の世となり検非違使庁はなくなって、都の様子も随分と変わりました。それでも、織田信長公は浅井長政《あざいながまさ》、朝倉義景《あさくらよしかげ》、武田勝頼《たけだかつより》など、討《う》ち取った敵将の首をわざわざ検非違使庁の獄の門前跡《あと》に晒したそうですわ」

「ほう、それも酒席のネタになりますなあ」

春風は懐紙《かいし》を取り出すと、矢立《やた》ての筆を走らせ、ギロチンを描き始めた。描く合間に春風は刃をそっと触《さわ》る。本物の刃だと春風は言った。

宗軒は右手を上げた。白い道着姿の奉公人が入って来た。大根を三本持っている。宗軒が目配せをすると、奉公人は大根をくり抜かれた穴に挿入した。

春風と庵斎にギロチンから離れるよう声をかけてから宗軒は右の柱の横に立ち、垂れ下がる紐を引いた。直後、刃が落下し、三本の大根が両断された。

庵斎と春風には大根が人の首に思え、二人とも背筋が寒くなり、鳥肌が立った。

「なるほど、人の首も大根のように転がりましょうな。ですが、これを公儀が採用したなら、首切り役人はいりませんなあ。彼らは喜ぶか、悲しむか……」

春風は懐紙と筆を仕舞った。

その言葉を庵斎が引き取り、

「首を打ち落とす際、役人は罪人の恨みを逸《そ》らすため、土壇場《どたんば》の石を指差し、あれを嚙んだら遺族には累《るい》が及ばないようにする、などと声をかけるそうだぞ。ギロチンなら、役人は罪人を直接手にかけることもなかろうから、恨みを買うこともあるまいな。しかし、仕事はなくなる」

「実際に胴体から離れた首が石を嚙むこともあるそうですわな」

恐ろしや、と春風は両手を合わせた。

「いやはや、手前としたことが無粋《ぶすい》なものをご覧に入れましたな。では、目の保養を」

にこやかに告げると宗軒はさらに隣室に案内した。

広々とした座敷だった。明かり取りの天窓から日輪《にちりん》が覗《のぞ》き、陽光が溢れていた。真新しい畳から藺草《いぐさ》が香り立っている。陰惨《いんさん》極まるギロチンを見物した後とあって、庵斎も春風もほっとした気分に浸った。

床《とこ》の間には青磁《せいじ》の壺が飾られ、雪舟《せっしゅう》の水墨画の掛け軸が飾られていた。欄間《らんま》や柱には竜《りゅう》の彫り物が施されている。見事な装飾に違いないのだが、ギロチンの衝撃の後にはさほどの驚きは感じない。都の有徳人、甘露屋宗軒の屋敷ならば当然のような気もする。

「ここは夏座敷です。暦の上では秋ですが、こう残暑が厳しいとまだまだこの座敷で涼みたいのですわ」

宗軒は言った。

「と申されると、夏にしかお使いにならないのですかな」

春風が首を傾げた。

答える代わりに、宗軒は天井を見上げた。焦《こ》げ茶色の布が覆《おお》っている。さては、天井に絢爛豪華《けんらんごうか》な装飾が施されているのか、それが夏にふさわしい涼しげな装いなのかもしれない。

すると、奉公人が四人入って来た。四人は部屋の四隅《よすみ》に立った。よく見ると天井の四隅から紐が垂れ下がっている。まさか、あれを引けばギロチンの刃よろしく天井が落下するのだろうか。

またしても宗軒が右手を上げた。

紐が引っ張られた。

「ああっ」

思わず、庵斎は身を屈《かが》め、春風は両手で頭を抱えた。

天井が割れたのだ……。

いや、天井を覆った布が四つに裂《さ》かれ、奉公人たちの手で回収された。布が取り除かれた天井には海があった。

透明なギヤマン細工の板張りを通して、頭上で海藻《かいそう》が揺らめき、魚が泳いでいる。鯛《たい》、伊勢海老《いせえび》、蛸《たこ》、烏賊《いか》が海中さながらに生息していた。また、朱塗りの楼門《ろうもん》を構えた城が構えられている。もちろん本物ではなく、石造りの模型《もけい》だ。浦島太郎《うらしまたろう》の物語に登場する竜《りゅう》宮城《ぐうじょう》を模《かたど》っていた。

驚きの光景であったが、それを凌駕する奇怪《きかい》で美しいものが泳いでいる。背中まで伸びた長い髪を靡《なび》かせて泳ぐ女……いや、魚か。何故《なぜ》なら美しき顔に豊かな乳房をむき出しにした上半身はまごうかたなき人なのだが、臍《へそ》から下は桃色の鱗《うろこ》に覆われ尾鰭《おびれ》を備えた魚だからだ。

目を見張る二人に宗軒は言った。

「西洋ではマーメイドと呼ぶ。人と魚の合体した、人魚ですな。なに、本物ではない。海女《あま》に作り物の尾鰭をつけさせておるのじゃ」

がははと宗軒は笑い、残暑厳しき折、いかにも涼しげでございましょう、と誇らしげに言い添えた。

春風は絵に描くことも忘れ、茫然《ぼうぜん》と見上げていた。

「夏草や品川は陸《おか》にあれり竜宮城……」

庵斎は一句、捻った。

「まさしく水底から見上げる竜宮城、涼しげでござろう」

宗軒は上機嫌になった。

次いで、

「他にも趣向を凝らした部屋があるが、本日はここまでとしましょう」

宗軒は二人を案内し、離れ座敷を後にした。

誇らしげな宗軒だが、庵斎も春風も決してよい趣味とは思えなかった。権勢を誇示したいのであろう宗軒によって創り出された悪趣味な屋敷だ。

とはいえ、宗軒の力を目の当《ま》たりにし、二人は強い警戒心を抱いた。

五

庭に面した大広間で宴が開かれていた。

贅を尽くした御馳走《ごちそう》が食膳《しょくぜん》に並べられた。鯛や鯉《こい》の洗い、鶴《つる》の吸い物もあるが西洋の料理も充実している。酒も葡萄酒《ぶどうしゅ》が用意された。集まったのは商人風の男、侍、僧侶《そうりょ》など多士済々《たしせいせい》だ。

庵斎は宴の最中に催された句会で俳諧の指導を行い、春風はその様子を絵にしていった。庭には舞台がしつらえてあり、華麗な衣装に身を包んだ娘たちによる舞踊が披露《ひろう》されていた。

奢侈禁止令がうるさい中、これだけ贅を尽くした宴が催されている。品川は南北町奉行所の差配外とはいえ、東海道における江戸の玄関口だ。自《おの》ずと、奢侈禁止令は守られ、贅沢華美は遠慮されている。甘露屋の屋敷はまるで別世界であった。

それが許されるのは甘露屋の商人としての力ゆえということなのだろうか。幕府開闢《かいびゃく》以前より禁裏に出入りしている都の老舗商人に幕府も遠慮しているということか。

甘露屋宗軒ならば、幕閣とも繋がりがあるに違いない。

すると、

「高瀬《たかせ》さま、こっちですよ」

「清史郎《きよしろう》さま、こちら〜手の鳴る方へ」

娘たちの黄色い声が聞こえた。

声の方を見ると、白い布で目隠しをした若い侍が両手を広げて娘たちを捕まえようと奮闘しながらこちらに近づいて来た。すらりとした長身を目にも鮮《あざ》やかな萌黄《もえぎ》色の小袖に包み、藍《あい》色の袴を穿いていた。

目隠しをしているため面相はわからないが、高い鼻と薄い唇《くちびる》が男前であることを想像させる。何より、娘たちの上げる嬌声《きょうせい》が若侍の二枚目ぶりを物語っていた。

「なんや、意地の悪い女子《おなご》衆《し》やなあ」

捕まらない娘に文句を言った若侍の言葉には上方訛《なま》りが混じっていた。上方の何処《いずこ》かの大名の家臣なのだろうか。

所作に武張《ぶば》った様子が感じられず、柔《やわ》らかさを漂わせている。武士は武士でも公家に仕える青侍《あおざむらい》であろうか。

高瀬は娘たちの声に誘われ、春風から遠ざかっていった。香の残り香が春風の鼻孔を刺激した。

高瀬の背中を見ながら春風は座を離れて庭に下り、散策することにした。すると、母屋から渡り廊下で繋がれた御堂《みどう》のような建物が見えた。御堂は大きな池に張り出して設けてある。周囲を濡《ぬ》れ縁が巡り、きらきらとした水面《みなも》にその姿を映し込んでいた。

蔀戸《しとみど》は開け放たれ、中に人がいるようだ。

渡り廊下から女中たちが食膳を運び入れている。

何となく気にかかり、目が離せない。

ここにいるのは宗軒の身内なのだろうか。それとも、賓客《ひんきゃく》なのかもしれない。いやいや、外記から聞いた皇女雛子なのではないか。

よし、確かめるか。

覗こうとすると、通りかかった客が声をかけてきた。上品な着物姿の婦人が三人である。

大店《おおだな》の女将《おかみ》さん連中のようだ。

三人は庭に敷かれた毛氈に座して野点《のだて》を楽しんでいる。

三人は自分たちを絵に描いて欲しいと頼んできた。春風は快く引き受けた。

毛氈の隅に座り、画材を置き、腰を据えて描いてゆく。

春風は三人一緒の絵と別々の絵にしていった。

みな、澄ました顔で描かれている。お互いを美しいと誉めそやしながら、自分こそが一番だという意識がありありだ。

春風も、

「いやあ、実にお美しいですな」

とか、

「庭に咲き誇る可憐な三輪の花ですな」

などと歯の浮くような世辞をあくまで真顔のまま言いながら筆を走らせていった。

三人一緒の絵は三枚、各自の絵は一枚ずつ描いた。本人よりも随分と綺麗に描いた絵に三人とも満足してくれた。一両ずつ礼金をくれた。

世辞、愛嬌も芸の内だと春風は心の中で呟《つぶや》いた。

上機嫌となった三人に、御堂の人物について問いかけた。

「雛子さまですよ」

一人が答えた。

「雛子さまというと……」

春風は首を傾げた。

「雛子さま、都のやんごとなき姫さまです」

もう一人が答えると、

「これは噂ですけど、畏れ多くも帝の御落胤だそうですよ」

また別の一人が言い添えた。

やはり、皇女雛子は甘露屋の屋敷に逗留していた。春風は皇女を絵に描きたいと思ったが、畏れ多い、と瞬時に諦《あきら》めた。

半刻（約一時間）後、庵斎と春風は甘露屋の屋敷を後にした。夏座敷の異様さを庵斎は言葉を尽くして言い立てたが、贅を尽くした御馳走もさることながら春風は皇女が逗留する御堂が忘れられない。庵斎にも御堂の主が皇女、雛子だと伝えた。庵斎は皇女なら俳諧ではなく、和歌をお詠みになられる、わしも曲水の宴に出てみたいものじゃ、と顎髭を撫でた。

品川宿にある茶店で二人は一服した。

冷たい麦湯《むぎゆ》を飲み、一息吐《つ》いていると、二人連れの娘が入って来た。二人は誰かに追われているのか、周囲をきょろきょろと見回した後、主人に草団子《くさだんご》を頼んだ。主人が奥に引っ込んだところで、

「甘露屋さんの御屋敷に来ていらっしゃいましたね」

娘の一人が話しかけてきた。

「そうですが……」

春風が返事をすると、

「わけは後で話しますよってに匿《かくま》ってくれまへんやろか」

京ことばで娘は頼んだ。

「いかがなされた」

春風が問い返したところで、足音が近づいて来る。土埃を立てながら数人の男たちがこちらに向かって来る。甘露屋屋敷で見かけた奉公人たちだ。

娘二人は茶店の裏手に逃げた。

奉公人の一人が春風と庵斎を覚えていた。

「すみませぬ。娘さんお二人がここを通りませんでしたか」

男に問われ春風が答えを躊躇《ためら》っていると、

「二人連れの娘ならつい今しがた、向こうへ走ってゆきましたぞ」

庵斎は真顔で答え、あっちです、と指差した。

「ありがとうございます」

疑いもなく男は庵斎の指差す方へ他の者たちとともに走り去った。

男たちの姿が見えなくなったところで、

「もう、大丈夫じゃよ」

庵斎は奥に声をかけた。

二人の娘が出て来た。

落ち着いて見ると、二人とも町娘の装いであるがどことなく品がある。二人の髪を飾るのは朝顔《あさがお》を模った花簪《はなかんざし》だ。

「わたしは町子《まちこ》といいます」

町子はすらりと背が高く、鼻筋が通った美形だがはきはきとした物言いゆえ、勝気さを感じさせる。

もう一人は小柄で瓜実顔《うりざねがお》、美形というよりは可愛《かわい》らしい。口下手《くちべた》のようで名乗りもできない様子である。

町子は声を潜ませ、

「こちらは、雛子さまです」

と、庵斎と春風に伝えた。

庵斎も春風も目を見張った。

「こ、こ、皇女の雛子さまであらせられますか」

舌をもつれさせ、春風は確かめた。

雛子は返事をしなかったが、

「お忍びで江戸見物がしたいのです。まず、何処か落ち着き先をお世話願えませんか」

町子は物怖《ものお》じせずに頼んだ。

あっけらかんとした陽気な雰囲気の町子に庵斎も春風も首を縦に振ってしまった。

第二章　雛子さま

一

庵斎と春風は雛子と侍女の町子を根津《ねづ》にある外記の娘、お勢《せい》の家に連れて来た。根津権現《ごんげん》近くにある武家屋敷の一軒だ。

外記は御庭番だった頃、御家人《ごけにん》青山重蔵《あおやまじゅうぞう》と名乗り、この屋敷に住んでいた。

お勢は地味な弁慶縞《べんけいじま》の小袖に黒地の帯、島田《しまだ》に結った髪に朱《しゅ》の玉簪《たま》を挿《さ》しているだけだ。だが、常磐津《ときわず》の師匠を生業とし、辰巳《たつみ》芸者であった母の血を引いているせいなのか、きびきびとした所作の中に匂い立つような色気を放っている。

はっきりと整いすぎた目鼻立ちが勝気な性格を窺わせてもいた。

冠木門《かぶきもん》を入ってすぐ左手には瓦《かわら》屋根の平屋がある。お勢が営む常磐津の稽古所だ。と言っても奢侈禁止令の発令下、稽古所は閉じられている。

まずは、雛子と町子に稽古所に入ってもらい、お勢が冷たい麦湯を用意した。稽古は二十畳の座敷で行われる。その稽古座敷の真ん中に雛子と町子はちょこんと座り、くつろいだ様子で麦湯を飲み始めた。

玄関脇にある八畳の控えの間で庵斎が二人を連れて来た経緯《いきさつ》を語った。

「へ〜え、天子さまの……」

お勢は雛子を横目に窺った。

「二日ほど、勝手気ままに江戸見物をしたい、という気持ちはわかりますわな」

春風は言った。

「やんごとなき皇女さまだもんねえ。都でも不便きわまるお暮らしだったんじゃないの。せめて、旅先では羽を伸ばして頂きたいわ。でも、よく、江戸に来られたわね」

「甘露屋宗軒にはそれだけ力があるのでしょうな」

庵斎は言った。

もっともらしい言葉だが説明になっていない。それでも、お勢は問い質すことなく納得の表情を浮かべた。

そこへ、闇御庭番の真中正助《まなかしようすけ》がやって来た。二十七歳、目元涼やかな中々の男前である。浪人の身ながら、神田《かんだ》にある関口流宮田喜重郎《せきぐちりゆうみやたきじゆうろう》道場で師範代《しはんだい》を務めている。関口流は居合《いあい》の流派だが、血を見ることが苦手とあって得意技は峰打《みねう》ちという少々変わり者であるが、実直を絵に描いたような男でもあった。

二人の来客を見て控えの間に回ってきた真中にも雛子と町子について庵斎が説明をした。

真中は畏《かしこ》まって雛子を見た。

「このところ、水戸家の藤田東湖さまの影響で尊王思想に凝っていらっしゃるのよ」

からかい半分にお勢に言われ、

「ほそぼそと読んでおります」

生真面目《きまじめ》に真中は答えた。

お勢はくすりと笑った。

次いで、

「そうだ。江戸見物、真中さんが付き添ったら。真中さんだったら、腕も立つから用心棒にもなるし」

と、提案した。

「それはよろしいですわな」

春風が賛同した。

庵斎と二人で雛子を守りながら江戸見物をさせるなど、荷が勝ちすぎると思っていたところだ。

「いや、わたしは一介《いっかい》の浪人の身です。そんなお役目は畏れ多くて」

真中は首を左右に振った。

そこへ、稽古座敷にいた町子がやって来た。

「姫さんを守ってください」

町子は真中にぺこりと頭を下げた。真中は困った顔をしながらも、

「承知致しました」

と、背筋をぴんと伸ばしてから頭を下げた。

「すみませんけど、何か姫さんに食べ物が欲しいんですけど」

遠慮することなくはっきりとした物言いで町子は頼んだ。

「あら、これは気づきませんで。じゃあ、近くの蕎麦屋《そばや》でも行きましょうかね。うちにはろくな物がありませんのでね」

お勢は言ってから、

「でも、都のお姫さまのお口に合うかしらね」

と、危惧の念を示した。

「江戸の味が知りたくて、お忍びで出かけてきたんですから」

町子は気安く言った。

するとそこへ、

「こんちは〜」

一八《いっぱち》がやって来た。

頭を丸め、派手な小紋の羽織に色違いの着物の裾《すそ》を捲《まく》って帯に挟み、真っ赤な股引《ももひき》を穿いている。見た通りの幇間《たいこもち》である。これでもれっきとした闇御庭番の一員である。

一八に続いてもう一人、棒手振《ぼてふ》りが入って来た。日本橋《にほんばし》の魚河岸《うおがし》に出入りしている魚売りの義助《ぎすけ》も闇御庭番であった。腹掛《はらが》けに半纏《はんてん》、威勢のよさで魚売りの心意気を示している。

義助は、

「お勢姐《ねえ》さん、今日は鮪《まぐろ》のいいのがありますからね。母屋の台所に届けてきましたぜ」

と、うれしそうに声をかけた。

「あら、そう。鮪か」

お勢はどうかしら、という顔で町子を見た。

真中が、

「鮪などという下魚《げうお》をやんごとなきお方の食膳には上げられませぬぞ」

生真面目な態度で言った。

「それもそうね。じゃあ、蕎麦屋に行きましょうか」

お勢も納得したが、

「鮪、食べたいわあ」

町子が希望した。

「鮪って……やんごとなき姫さまのお口には合わないですよ。江戸でもね、下魚って言われてましてね、あたしらのような下々の者の食べ物なんですから」

お勢は右手を左右に振った。

春風も、

「雛子さまは、品川の御屋敷では鯛や鯉などの上魚《じょううお》を召し上がっておられたのではありませぬかな。慣れぬ魚を召し上がってはお身体《からだ》に障《さわ》りますぞ」

と、言葉を添えた。

「それはそうですけど、やはり、江戸の味を味わいたいと、姫さんも望んでおられます。ですから、江戸の市井を自由に歩きたい、と宗軒さんの御屋敷を飛び出したんです。是非《ぜひ》、鮪を食べさせてくださいな。いやあ、ほんま、言うてたら食べたくなってきたわあ」

町子らしく希望を素直に申し立てた。次いで義助を見て、

「魚屋さん、鮪は美味《おい》しいのでしょう」

と、問いかけた。

「そりゃもう美味《うま》いなんてもんじゃないですよ。鯛だの鯉だのが上魚って言いますがね、あっしゃ、味に関しちゃ、鮪の方が上だって思いますね」

ここぞとばかりに義助は言い立てた。

「どんな風にして食べるの」

町子は興味を抱いた。

「そりゃ、刺身がいいんですがね。都の姫さまには生魚は抵抗があるでしょうから、ねぎま鍋《なべ》って言いましてね、葱《ねぎ》と一緒に煮込むと美味いですよ。それから漬《づ》けですね。鮪の切り身を醤油に漬けとくんです」

義助が言うと、

「それは美味しそうや」

町子は声を弾《はず》ませた。

「じゃあ、鮪を召し上がりますか」

お勢が確かめると、

「そうします」

勢いよく町子は首を縦に振った。

「なら、料理、してきますんでね」

義助は台所に向かった。

お勢も手伝おうとしたが、

「これは、中棹《ちゅうざお》の三味線ですね」

町子が声をかけてきた。控えの間の隅に立てかけてあるお勢の三味線に興味を抱いたようだ。

「弾《ひ》いてみますか」

お勢は三味線を手に取った。

「姫さんにもお聞かせしましょう」

町子は腰を上げた。

「あたしがそちらに行きますよ」

お勢は気遣ったが、だだっ広い座敷よりも控えの間の方が落ち着く、と町子は言った。

わかりました、とお勢は町子に任せた。

町子は稽古座敷に戻り、雛子を連れて戻って来た。

撥《ばち》を右手に持ち、お勢は三味線を弾き始めた。

心地よい三味線の音色に合わせ、一八が手足をくねらせ、滑稽《こっけい》な踊りを披露《ひろう》し始めた。

雛子は口を半開きにして眺め、町子は手拍子《てびょうし》を始めた。

一八は調子に乗り、手拭をねじり鉢巻きにして、唇を尖《とが》らせた。一層身をくねらせ、身軽な動作で踊り回る。

「なんや、蛸かいな」

町子ははしゃいだ。

雛子も笑みをこぼした。

やがて、一八が踊りを終えたところで、義助と春風が料理を運んで来た。

ねぎま鍋である。

土鍋にぶつ切りの根深《ねぶか》葱と鮪の切り身が煮込まれている。湯気が立ち、みな自然と笑顔になった。お勢が小鉢に葱と鮪をよそい、雛子と町子の前に置いた。

雛子はおっかなびっくりの様子である。対して町子は積極的に箸《はし》を進めた。

「美味しいわあ。姫さんも召しあがったらええですわ」

町子は勧め、雛子も箸をつけ始めた。上品なおちょぼ口を動かしながらゆっくりと咀《そ》嚼《しゃく》する。

「江戸は魚が美味しゅおすな」

町子は言った。

「でしょう。何たって江戸前の魚は美味いんですよ」

義助はうれしそうな顔で言った。

「都は海からは遠いよって、新鮮なお魚は口には入りまへん。あるんは干物《ひもの》に、押し寿司や。ほんでたまに琵琶《びわ》の海でできた鮒《ふな》寿司を食べますけど、あれは、匂いがきつうて」

町子が言うと雛子もうなずいた。

「なら、江戸前の握り寿司を召し上がって頂きたいですね」

義助が言うと、

「ああ、聞いたことがあるんどす。是非、行きたいわあ。屋台で握り寿司は食べられるんですよね」

町子は興味を示した。

真中が、

「しかし、立ち食いでござりますぞ」

と、注意した。

「旅の恥はかき捨てどす」

町子は言った。

「その通りよ、真中さん、よろしくね」

お勢は真中をけしかけた。

困った顔で真中は承知した。

雛子がそっと町子に耳打ちをした。ひそひそ声で何やら頼んでいる。江戸見物に当たっての希望だろうかとお勢と真中は身構えた。

町子がお勢に向いて言った。

「姫さんが宗軒はんが心配するのも気の毒やし、町奉行所に探索を依頼されたら厄介や……無事やということと明日の夕方には帰る、いうことだけでも報せよか、とおっしゃりました。もちろん、ここにおることは内緒にして……」

と、確かめるように雛子を見た。

雛子は黙ってうなずいた。

「後で文を書きますので、飛脚《ひきやく》問屋を呼んでくださいな」

町子に頼まれ、

「その方がいいですね」

お勢も賛同して承知した。

二

宗軒の屋敷では雛子が失踪《しっそう》したものの、大騒ぎとはならず、ごくごく内密に伏せられていた。

宗軒は母屋の居間で鵺党《ぬえとう》の頭領和気剛憲《わけごうけん》と密談に及んだ。西洋机を挟み、椅子に座って向かい合う。

「南町の鳥居さまに探索をお願いしようと思っております」

宗軒は言った。

「わしの手抜かりじゃ。町奉行所には頼らず、我らが責任を持って捜す」

和気は唇を嚙んだ。

「今更《いまさら》、何を言ってもせんないことですな。とにかく雛子さまの御無事を願うばかりです」

「屋敷を出たのは、雛子さまのご意志であろうかな」

和気は疑念を口に出した。

「どういうことでしょう」

宗軒は首を捻る。

「雛子さまを利用したい者たちによる仕業なのではないか」

和気の勘繰りに、

「それは、どんな方々でしょうな」

疑問を投げ返しながらも宗軒には心当たりがあるようであった。

「宗軒どのもお人が悪いではないか。どなたと見当をつけておるのだ」

和気はにんまりとした。

「まずは御老中水野越前守さま、そして水戸中納言さまでござります」

「水野越前と水戸侯は水と油の仲であるが、お互いが雛子さまを取り込もうというのか。

それはどうしてだ」

和気は聞いた。

「上知令でござりますよ」

宗軒は断じた。

「なるほど、上知令か」

納得したようにうなずくと、和気も顎を掻いた。

「上知令を潰したい水戸さま、成し遂げたい水野さま……」

「しかし、公儀は禁裏の意向に関係なく政を進めるではないか。雛子さまをどう使うというのか」

和気の言う通りである。幕府が京都に気遣いつつ政策を進めることなどない。

「ですが、海防に関しては違います」

宗軒は言った。

海防に関し、幕府は朝廷に報告するようになった。きっかけは天保八年（一八三七）のモリソン号事件である。マカオを出航したアメリカ商船モリソン号は日本の漂流民を送還し、その際に日本と通商及びキリスト教の布教を求めた。幕府は異国船打払い令に従って浦賀《うらが》沖で砲撃、モリソン号は目的を果たせず鹿児島《かごしま》湾に停泊しようとしたが薩摩《さつま》藩にも砲撃されてマカオに帰ったのだった。

それ以来、幕府は海防上の出来事については朝廷に報せている。もっとも、朝廷の意見を聞くことはない。

だが、清国が阿片戦争でイギリスに敗《やぶ》れ、海防上の危機が高まる情勢下、朝廷も他人事《ひとごと》ではない。従来のように幕府任せには出来ない、という声が一部の公家から上がっている。

上知令が海防に絡《から》んでの法度である以上、幕政に口出しをしないまでも公家の中には好き勝手に騒ぐ者もいる。加えて、尊王心篤き水戸斉昭ならば朝廷の意向を無視するはずはないし、朝廷や幕府に批判的な公家を味方につけて上知令潰しに動くだろう、と宗軒は見通した。

「なるほど、そなたの申す通りじゃな。水戸斉昭公が朝廷を味方につけようとすれば水野越前はそれを阻止《そし》しようと動く。皇女、雛子さまの身柄は両者にとって大事だな」

和気も賛同した。

「上知令を水野さまは海防のため、という大義を掲げておられます。朝廷から問い合わせがあったなら、禁裏、朝廷のある都をお守りするため、と説明をなさるでしょうな」

という宗軒の考えを受け、

「朝廷にも公明正大な理由を取り繕えるというわけか。一方、水戸家は尊王心篤い家柄だ。朝廷の力を背景としたいだろうな。水戸家は公儀の政を天子さまから委任を受けた、という解釈をしておる。天子さまの御意向に反する政は将軍であろうとできない、と斉昭公は幕閣に申し立てるだろう」

和気も持論を展開した。

「しかし、水野さまは朝廷の政への関与をお許しになりますかかな」

宗軒が疑念を述べると、

「水野は松平《まつだいら》越中守《えっちゅうのかみ》定信《さだのぶ》を尊敬しておるそうだ。政の手本としておるらしい」

和気は言った。

「松平越中守さまといえば、尊号一件《そんごういっけん》がございますな。あれは、朝廷をないがしろにする暴政です」

寛政《かんせい》元年（一七八九）、光格《こうかく》天皇が実父閑院宮典仁《かんいんのみやすけひと》親王《しんのう》に太政《だじょう》天皇、すなわち上皇《じょうこう》の尊号を贈りたいと、朝廷から幕府に承認を求めた一件である。老中首座であった松平定信は、天皇に即位しなかった閑院宮が上皇になることを拒絶した。光格天皇は失望し、朝廷はその後も繰り返し尊号を贈るよう要請した。四年後の寛政五年（一七九三）、定信は決着をつけるべく武家伝奏《ぶけてんそう》正親町公明《おおぎまちきんあき》と議奏《ぎそう》中山愛親《なかやまなるちか》を江戸に召喚《しょうかん》し、正親町を逼塞《ひっそく》、中山を閉門《へいもん》に処した。

皮肉にも同じ頃、幕府においても将軍徳川家斉が実父一橋治済《ひとつばしはるさだ》に大御所《おおごしょ》の号を贈りたいと希望していた。定信は閑院宮と同じく、一橋治済が将軍に任官されてはいないことを理由にこれを却下した。

定信失脚の背景にこの一件がある、と噂された。

「尊号一件の際、松平定信が正親町公明と中山愛親を処罰した大義は何だったと思う」

和気の問いかけに、

「大義などなかったのでしょう。将軍や幕府の方が偉い、という奢《おご》りでございましょう。松平越中さまも、いくら何でもあからさまには申されなかったでしょうが、朝廷は幕府の庇護下にあると見下しておられたがゆえ、お二人の公家を天下の政を乱す、とかなんとか理屈をつけて処罰なさったのではございませんか。武力に基づいた武家の理屈を貫き、非力な公家は従うしかなかったのです」

宗軒は嫌な顔をした。宗軒も水戸斉昭同様、公儀ではなく、「幕府」と言った。

「正親町卿、中山卿を処罰し、松平越中は武ばかりか理でも朝廷や公家を従えたつもりだろうが、これは幕府の墓穴を掘ることになった」

意外にも和気は否定した。

「墓穴を……」

宗軒はきょとんとなった。

「ああ、そうじゃ。松平越中は天子さまの権威を利用したつもりじゃった。つまり、将軍や幕府が公家を処罰できる理屈を作り上げた気になったのであろう。将軍は天子さまから大政を委任されている、と主張し、委任された将軍なれば公家の処罰も当たり前にできる、という理屈を押し通したのだ」

「松平越中さまを尊敬する水野さまもその理屈、将軍は天子さまから大政を委任されておるのだから、政は幕府が思うようにやる、というお考えなのかもしれませんなあ」

宗軒は、「嫌なやっちゃ」と京ことばで悪態《あくたい》を吐いた。

「ところが、松平越中守が言い立てた大政委任という考え、これは越中の意図とは違い、幕府の政に大きな穴をこじ開けることになったのではないかな。水戸家の学問、水戸学が変貌《へんぼう》を遂《と》げたのも越中の大政委任がきっかけだ」

和気の考えに宗軒はうなずき、

「確かに水戸さまは、将軍は天子さまから政を委任されているに過ぎない、と大政委任を天子さまの側に立っておっしゃっておられますな。将軍も天子さまの家臣なのだ、ということを声高《こわだか》に主張しておられます」

「まさしく、その通りだ」

和気はにんまりとした。

「ならば、我らは水戸さまに加担《かたん》するのがよろしいのではありませんか。天子さまや朝廷を敬《うやま》う水戸さまなれば、大きな利をもたらしてくれるでしょう」

宗軒は算段した。

「そうとも限らぬぞ。そこが、政の一筋縄ではゆかぬところじゃ」

和気の言わんとするところは宗軒にも理解ができた。

「水野さまは水戸さまの尊王心を利用して上知令を通そうとするでしょうな」

今度は宗軒の見通しに和気が賛同する。

ここで、

「雛子さま、物見遊山にやって来た江戸で政の具にされたら災難や……。お忍びで江戸見物をなさっているのでしたらええのやが。都でも突然お住まいからいなくなられるのは珍しくありませんでしたからな。奥女中を一人だけお供に連れて都を散策なさり、ひょっこりうちの店に顔をお出しになる。手前は気に入った着物やら小間物やらを差し上げています。都と同じような江戸散策だと願っております」

宗軒は雛子を案じた。

「心配なのは、雛子さまにもしものことがあったら商いに影響するからだろう」

和気は甘露屋が雛子を体《てい》のいい商いの道具に使っている、と揶揄《やゆ》した。宗軒は手で自分の額をぴしゃりと叩き、

「商人に算盤勘定はつきものですわ。ほんでも、雛子さまも好きな着物や小間物が手に入って喜んでおられますし、着物、小間物以外にもお暮らしに不便がないよう面倒をみさせてもらっています。何せ、禁裏も公家衆も台所は楽やないですからな。皇女さまも裕福ではないですわ」

「その通りだ。幕府はけちじゃからな。もっとも、甘露屋が暮らしを助けておるゆえ、禁裏のそなたへの信頼は厚い。特に女官方にはな」

和気はにんまりとした。

「畏れ多くもあり、ありがたいことでもありますわな」

背筋をぴんと伸ばし宗軒は深々と首を垂れた。朝廷に仕える女官たちにも宗軒は時節ごとに着物や小間物、小遣いを贈っている。もっとも女官たちに費やした金は二条城へ納める着物、小間物の代金に上乗せをして、ちゃっかり幕府から回収していた。

朝廷における女官は幕府における大奥同様、表向きの政に口出しはできないが大きな影響力を持つ。

松平定信失脚を後押ししたのが大奥であったのは公然の秘密である。朝廷でも女官たちの力は侮れない。宗軒は女官たちから頼られ、女官たちと深く繋がり、朝廷にも影響力を持っている。宗軒一代の繋がりではない。応仁の乱以来、御所の南で商いを始めてから三百八十年近くに亘っての繋がりであった。

時世の変化によって繋がりの太さは変化したが、皇女雛子の面倒を見ている宗軒の代、甘露屋と朝廷の関係は密接なものになっている。

「幕府にぎゃふんと言わせたいですわな」

ぽつりと宗軒は言った。

「そうじゃな……せっかく雛子さまが江戸においでなのじゃ……」

思わせぶりに和気は言葉を止めた。

「雛子さまを、幕府を翻弄する道具にするのですか。そら、気の毒や」

大仰に宗軒は右手を左右に振った。

それを見て和気は続けた。

「雛子さまに辛い思いはさせぬ。幕府なり水戸なり、徳川が雛子さまを利用し、自分たちの野望を遂げようとするのなら、我らは更にその上をゆくまでのこと」

「その意気でござります。和気さまとは応仁の乱よりのお付き合いでございますのでな。共に徳川から美味い汁を吸ってやりましょう」

宗軒は揉み手をした。

「うむ、そなたとわしで徳川を利用するぞ。大いに金をふんだくってやろうではないか。それには、ここを使わねばな」

和気はこめかみを指で指した。

すると奉公人が廊下に現れた気配がして、鳥居の来訪を告げた。

宗軒はしまったというような顔となり、

「手前としたことが、慌てふためいて雛子さま探索を町方に依頼しようとしてしまいました」

「用向きは伝えたのか」

和気が確かめると、

「いいえ、ただ、火急《かきゅう》の用向き、とだけ伝えております」

「ならば、適当に追い払えばよい」

和気の言葉に首肯《しゅこう》し、

「わかりました。手前が相手を致します」

宗軒は腰を上げた。

宗軒が部屋を出て行ってから入れ替わるように高瀬清史郎が入って来た。高瀬は悠然と和気の向かいに座った。

和気は問いかけた。

「雛子さまの行方《ゆきがた》、わかったかな」

「いえ、未だ。しかし抜かりはありません。雛子さまが落ち着かれ次第、繋ぎが入ります。町娘の形《なり》で屋敷を出て行かれたのです。目的はお忍びでの江戸見物でしょう。市中の旅籠《はたご》に逗留なさると思います。いずれにしましても、動きは摑めます。江戸の何処へ行かれようが我らの網《あみ》の中です」

自信たっぷりに高瀬は述べ立てた。

「鶫党の掌《て》の中にある、か。しかし、雛子さまの逃亡を助けた者がおるかもしれぬ。宗軒とも話しておったのじゃが、ひょっとして水野越前か水戸斉昭の手引きで屋敷を抜け出されたのかもしれぬぞ」

和気の心配を、

「勘繰り過ぎにござりましょう。今回のこと、物見高い雛子さまの我儘奔放《わがままほんぽう》な行いと思います。もちろん、油断することなく雛子さまの身辺を確かめております。逗留先がわかり次第、探索を致しますのでご心配なく」

高瀬は一礼した。

三

客間に鳥居を迎え、宗軒は愛想よく挨拶をした。和気とやり取りをしていた座敷と違い、枯山水《かれさんすい》の庭に面した八畳の座敷である。三幅対の掛け軸が飾られた床の間を背負い、

「火急の用向きとは」

前置きもなく鳥居は問いかけた。

「どうも、雛子さまを巡りまして、不穏な動きが見受けられるのでございます」

深刻な表情で宗軒は訴えかけた。

「というと」

鳥居は突き出た額を光らせた。

「雛子さまの御座所を窺う、不審《ふしん》な者が目撃されております」

「だから、言わぬことではないのだ。水野さまとの面談前に、雛子さまにもしものことがあってはならぬ。いや、もちろん、水野さまとの面談後、都にお戻りになられるまで、雛子さまにはご無事であっていただかねばならぬ。よって、わが配下より警固の者を出す」

鳥居は強い口調で言い立てた。

「それは、ありがたきお申し出ではございますが、雛子さまを守る者はおります」

「八瀬童子《やせどうじ》の流れを汲む、八瀬党であるな。平安の都が造営されて以来、朝廷を御守りしておるとか。応仁の乱よりは鶴党という二つ名で呼ばれておる、とか」

薄笑いを鳥居は浮かべた。

鶴党を侮る気持ちが透けて見えるが、宗軒は無表情で返した。

「さすがは鳥居さま、ようご存じですな」

「それしきのこと、知らいでか」

鳥居は胸を反《そ》らした。

「これはお見それしました。妖怪《ようかい》奉行さま」

しれっと、宗軒は鳥居を二つ名で呼んだ。鳥居はむっとしながらも、

「ならば、わしを呼んだ用向きとは何ぞ」

「敏腕《びんわん》の鳥居さまに探って頂きたいのです」

思わせぶりに宗軒は言葉を区切った。

「何をじゃ」

「水戸中納言さまの動きでござります」

宗軒は言った。

「ほう……水戸中納言さまが何か不穏な動きを示しておられるのか」

斉昭の名前が出て鳥居の目がどす黒く淀《よど》んだ。

「しかとはわかりません。ただ、水戸中納言さまは殊《こと》の外《ほか》、尊王心の篤いお方でござります」

曖昧な宗軒の言葉に鳥居は鼻白《はなじろ》んだ。

「ですが、水戸学をご存じですな」

宗軒は眉根を寄せた。

「あらましは存じておる」

「ならば、水戸学では南朝《なんちょう》を以《も》って正統な皇統である、と論じておられることをご存じであられましょう」

「存じておる……まさか、雛子さまは南朝のお血筋なのか」

鳥居は目をむいた。

「はっきりとは申せません。しかし、そのように中納言さまはお考えのようでございます」

「なんと」

鳥居は突き出た額に汗を滲ませた。

口から出まかせの出鱈目《でたらめ》だが鳥居が食いついたことに宗軒はほくそ笑んだ。鳥居を呼んでしまった迂闊《うかつ》を胡麻化《ごまか》せる。

南朝贔屓《びいき》の水戸斉昭は雛子を庇護し、雛子を介して朝廷や公家衆に上知令反対の声を上げさせるのではないか、と宗軒は推測を述べ立てた。

朝廷が幕政に関与することはできないが、反対の声は無視できない。上知令が水野の思惑通りに進まず、上方周辺に領地を持つ大名、旗本から不平、不満の声が聞かれるとあって、朝廷が反対の意見を唱えれば、上知令遂行に大きな支障をきたす。

それに乗じて水戸斉昭は水野の失策だと責任を追及するのではないか、水野が失脚すれば鳥居さまも、と宗軒は鳥居の危機を煽り立てた。

根拠の薄い推測に基づいた想像に過ぎないが、

「なるほどのう……」

渋い顔で鳥居は宗軒の考えを受け入れた。敵である水戸斉昭の足をすくうためなら、たとえ眉唾であろうが、斉昭が雛子を拉致《らち》したかもしれないという邪推《じゃすい》は大いに利用できる、しめたものだ。

鳥居は思案を巡らした後、

「大胆不敵、激しいご気性の斉昭公なれば皇女を攫《さら》い、己が政に使うことすらなさりそうじゃ。それが発覚すれば水戸家は無事ではすまぬがな」

と、慎重な物言いをした。

さすがに鳥居も宗軒の出まかせを鵜呑《うの》みにはしてくれないようだ。いくら斉昭でも皇女拉致などという暴挙には出まい、と高《たか》をくっているのであろう。

「拉致ではなく、あくまで水戸藩邸にお迎えした、と言い立てられたなら……それに、このまま上知令が成就するのを、指を咥えてご覧になっておられる水戸中納言さまではありますまい」

もっともらしいことを宗軒は言い添えた。

「確かにのう……」

思案するように鳥居は腕を組み、考えてみる、とはっきりとは請け合ってくれなかった。それでも陰謀好き、猜疑心《さいぎしん》の強い鳥居の脳裏に水戸斉昭への疑念を刻むことができた、と宗軒は確信した。

四

その夜、菅沼外記は江戸城西の丸下にある水野忠邦の上屋敷に忍び込んでいた。黒覆面《ふくめん》と黒装束に身を包んだ忍びの姿である。水戸斉昭は水野と鳥居の動向を気にしている。

夜の帳《とばり》が下りた広大な屋敷とあって、森閑とした静けさが漂っていた。昼間は大勢の来訪者で賑わっているのだが、夜更けとあって来客は途絶えている。

外記は庭を横切って御殿に近づいた。

裏庭に面した座敷の障子が開け放たれている。

植え込みの陰に隠れて様子を窺う。

水野と鳥居が密談に及んでいる。外記は耳を澄ました。

「甘露屋の品川屋敷にて、驚くべきことを耳にしました」

鳥居は言った。

水野は特別気にする素振りも見せず黙って鳥居の言葉を待った。

「甘露屋宗軒によりますと、甘露屋の屋敷にご滞在する皇女、雛子さまですが、南朝の皇統の末裔《まつえい》である、とか」

鳥居の報告を受け、

「まことか」

水野は冷《さ》めた口調で問い直す。

「宗軒の申すことゆえ、間違いないかと存じます」

「疑えばきりがないが、よしんば雛子さまが南朝の末裔としても、それにどれほどの値打ちがあろうな。言葉は悪いが、南朝なんぞ、歴史の亡霊の如き存在ではないか。確か最後に南朝の皇統を受け継ぐ帝が歴史の表舞台に現れたのは、応仁の乱の頃、西軍総帥の山名《やまな》宗全《そうぜん》が担いだのであったな」

さすがに水野は知っていた。

「確かに今更、南朝の末裔が姿を現したとて天下の政にも朝廷にも何の影響もないと存じます。しかし、水戸中納言さまにはありがたくも尊い存在となりましょう。水戸家は光圀公以来、南朝を以って正統としておられますので」

鳥居は懸念を示した。

面白い、と水野は雛子に関心を向けた。

「でありますから、やはり、水戸さまが雛子さまを庇護する前に、雛子さまのお気持ちをこちらに向けて頂くことが肝要であると存じます。水戸さまはほぞを嚙むでしょう。さすれば、あのご気性、宗軒が懸念するようにまことに雛子さま拉致という暴挙に出られるかもしれません」

鳥居の算段に水野も賛同したところで、庭で騒ぎが起きた。

鳥居が立ち上がった。

そこへ、闇から矢が飛来した。

避《よ》ける暇もなく矢は水野の肩先すれすれをかすめ、背後の床柱《とこばしら》に突き刺さった。

と、床柱は砕かれ矢は塗り壁に突き立った。

「水野さま！」

鳥居は大きな声を上げ、濡れ縁に出ると、

「曲者《くせもの》じゃあ！　出会え！」

と、叫び立てた。

「騒ぐな」

顔を蒼ざめさせたものの水野は落ち着きを失わず、腰を上げて壁に突き立った矢を見た。文が結んである。

慌ただしい足音を響かせ、水野家の家臣が集まった。

濡れ縁に立った水野は屋敷内に不届き者がいないか探せ、と命じた。家臣たちは庭に散った。

外記が潜む植え込みにも近づいて来る。

矢文が気にかかり、外記が石を遠くの池に投げ落とした。ぽちゃりと音がし、水面に波紋が広がった。映り込んだ月が揺れた。

家臣たちの注意が池に向けられた。

その間、水野が矢文に目を通した。鳥居も気になり水野の側に立った。水野は矢文を鳥居に渡した。

「雛子さまに手を出すな、ですと」

思わずといったように鳥居は声を大きくした。

そこへ、轟音《ごうおん》が響き渡った。

水野と鳥居は目をむいた。

床柱が崩れ、床の間が崩れ落ちた。


外記は植え込みからそっと足音を忍ばせながら離れた。闇に溶け込み、家臣たちの目を掻い潜《くぐ》る。

庭の練塀伝いに進み、練塀に飛び上がるとさっと往来に身を投げた。足音を立てずに往来に着地する。

闇に眼を凝らすと、男の背中が見えた。男は急ぎ足で去ってゆく。紺の小袖に野袴《のばかま》を穿き、弓を持って箙《えびら》を肩に掛けていた。

外記は目を見張った。

男の背丈《せたけ》よりも長い弓、七尺もあろうか。五人か六人がかりでないと弦《つる》を張ることができない長弓だ。源平合戦《げんぺいかっせん》の初期、武勇を称えられた鎮西八郎《ちんぜいはちろう》こと源為朝《みなもとのためとも》が使っていたと伝わる。あの長弓であれば、床柱が砕けたのも理解できた。

ところが射手《いて》の後ろ姿はすらりとした細身で、鎮西八郎を想起させる猛々しさは感じられない。だが、床柱を砕いたほどの長弓を射る腕を持っているのだ。

一体、何者であろうか。

強い興味を抱きながら外記は後を追いかける。

男は武家屋敷の狭間《はざま》にある稲荷《いなり》へと入って行った。

用心をしつつ外記は鳥居を潜った。

祠《ほこら》の周囲から黒煙が立ち込めた。何処からともなく、

「ヒョウヒョウ」

という不気味な声が聞こえる。耳にしたこともない獣《けもの》の鳴き声だ。

程なくして黒煙が晴れると数人の男たちが姿を現した。揃って猿の面をつけ、黒の着物に身を包んでいる。ところが猿といっても一切の愛嬌はない。顔の周辺を毛が覆い、鋭い眼光、開かれた口からは牙《きば》が覗いていた。

猿ではない、鵺の面であろう。

顔は猿、身体は狸《たぬき》、虎《とら》の手足を持ち、尻尾は蛇《へび》という妖怪だ。鵺は、「ヒョウヒョウ」と不気味な鳴き声をするそうだ。彼らは鵺を気取っているようだ。

長弓の男も祠の前に立った。

男も鵺の面をつけている。

やがて、鵺面を被《かぶ》った男たちに担がれた神輿《みこし》が入って来た。いや、神輿ではない。紙で作った張りぼてである。顔は猿、胴体は狸、手足は虎、そして尻尾は蛇、すなわち鵺を模った張りぼてであった。

一体、何事が起きるのだ、と外記は身構える。

すると、提灯を掲げた侍たちが駆け込んで来た。水野家の家臣たちである。

「貴様か、矢文を射たのは！」

一人が怒声を放った。

長弓の男は返事をしない。

家来たちは抜刀し、鵺面の男たちを囲む。男たちは神輿のように担ぎ上げていた張りぼてを動かし始めた。鵺が蠢《うごめ》いているようで、言い知れぬ不気味さを放った。

気圧《けお》されたように水野の家臣たちは後ずさりした。

「怖気《おじけ》づいたか」

長弓の男が挑発した。

「かかれ」

という声と共に敵に向かって挑みかかった。

と、くねっていた鵺の頭が持ち上がった。

次いで、口から炎が噴き出される。

「うわあ！」

絶叫と共に家臣たちは炎に包まれた。

おぞましい光景が広がった。

真っ黒焦げとなった家臣たちの無残な骸《むくろ》が境内に転がった。

朋輩《ほうばい》たちの悲惨な最期を目の当たりにし、残った二人はすくみ上がった。

だが、恐怖の余り、身動きが取れない。

長弓の男が余裕たっぷりに歩を進め、境内の真ん中に立った。一人が悲鳴を上げて逃げ出した。残された一人も慌てて続く。

男は箙から矢を抜き、長弓の弦に番《つが》えて狙いを定めると無造作に射た。

矢は夜風を切り裂くびゅんという唸《うな》りを上げながら手前の家臣の背中を貫《つらぬ》く。長弓の威力は想像を絶した。

矢を受けた男は前方に吹っ飛び、先に逃げた家臣にぶつかった。矢が二人を貫き、彼らは鳥居に串刺しとなった。

身を潜ませていた鳥居に二人の侍が串刺しにされ、外記は思わず身を晒してしまった。

すると、

うようだ。

「そなた、菅沼外記か」

鵺の面をつけた男が声をかけてきた。意外にも若い声音で張りがあり、しかも朗々《ろうろう》と歌
外記は境内の中に入った。

男は鵺の面を取る。声音が示したように若侍で、細面の男前だ。

「我は八瀬党……いや鵺党の方が通りはよいな。鵺党の高瀬清史郎である」

ためらいもなく高瀬は素性を明かした。

再び黒煙が立ち昇る。

「ヒョウヒョウ」

という鵺の鳴き声が聞こえた。何事が起きるのか、と身構えると、夜空から一本の縄が
下りてきた。次いで、弛《ゆる》むことなく夜空を貫く一直線となった縄を伝い、するすると男が
下りて来た。鵺面は被らず、素顔を晒している。月代《さかやき》を剃らずに髷を結う、いわる儒者髷《じゆしや》、
顎が異常に長く、両目が狐《きつね》のように吊り上がった五十年配の男だ。

「わしは和気剛憲、鵺党を率《ひき》いる者だ」

堂々と和気は言い放った。

和気の横で高瀬が長弓に矢を番え、外記に狙いを定めた。矢が飛来したら刀で叩き落と

せるだろうか、と外記は高瀬との間合いを計った。五間（約九メートル）ほどだ。

　すると、和気が高瀬を制した。高瀬は番えた矢を外す。

「老中、水野越前に矢文を送ったわけを聞こう。雛子さまとは甘露屋の屋敷に逗留なさっておられる皇女であられるな」

　臆《おく》せず外記は問いかけた。

「雛子さまを政に利用するな、という警告である」

　和気は答えた。

「何故、雛子さまはわざわざ都から参られたのだ」

「富士を見たい、江戸を散策したいとお望みになったのだ。雛子さまは奔放なお方でな。言い出したら他人の言葉などお聞きにならぬご気性じゃ」

　和気は苦笑した。

「御守りするのがそなたらの役目なのであろう。わたしは、雛子さまには関与せぬ」

　返してから外記は気づいた。

「和気どの、何故、わたしを知っておる」

「わしもいわば朝廷の御庭番。公儀御庭番、菅沼外記の盛名は耳にしておる。それにな、わしはそなたと同じ役目を担ったこともあるのだぞ」

思い出せ、と和気は言い添えた。

外記の脳裏に十七年前の記憶が蘇った。

「そうか、あの時の……」

外記が呟くと、

「そなたの技も見たぞ。手を突き出しただけで相手が吹き飛ぶ技。あれは見事であったな。水戸藩邸の近くで水戸家の家臣ども相手にも使ったな。それで、そなたを思い出したのだ」

あの時、和気は水戸藩邸を探っていたようだ。

水戸家附家老、中山信守とやり取りをした帰りに感じた人の気配、何とも不気味であったが、正体は和気剛憲であったのだ。

「貴殿の弓、火炎の技、それに一本の縄を伝う術も優《すぐ》れ物であったな。弓は高瀬どのが受け継いでおるようだ」

外記は言った。

「誉め言葉と受け止めよう。それで、そなたは水野越前を探っておるようじゃ。さしずめ、水戸斉昭の依頼だな。そなたが水戸藩邸から出て来たのを見たぞ」

和気の推測に外記は答えなかったが、水戸藩邸からの帰り道で感じた監視の目を思い出した。

和気は続けた。

「公儀御庭番ゆえ、将軍家の命でもあるのだな。となると、将軍家は水野の政に不満を抱いておられるのか」

和気は外記が闇御庭番になったことまでは知らないようだ。

「それは申せぬ」

外記は答えを拒《こば》んだ。

それを受け入れて和気は言った。

「わかった、聞いたわしが悪かった。隠密が雇い主のことを話せるはずはない。ともかく、江戸におる間、そなたとは事を構えたくはない」

「わたしもだ」

外記はうなずいた。

「ならば、さらばじゃ」

和気は縄を伝い、敏捷《びんしょう》な動きで夜空に上っていった。高瀬は鵺の張りぼてと共に夜陰に消え去った。

五

水野と鳥居は矢文の主について思案を巡らせていた。

「水戸さまでありましょうか」

鳥居の考えに、

「さて、どうであろうな」

判断がつきかねるように水野は思案を続ける。すると、家臣の一人が泡を食って駆け込んで来て、近くの稲荷で追手が無残な骸と成り果てた、と有様を報告した。

「何じゃと」

水野は啞然とした。

「直ちに下手人を探索致します」

鳥居は言ったが、

「探索をしても捕縛は難しかろう。床柱を壊した矢を見れば相当な腕前であろう。追手として差し向けた者ども、日頃より武芸自慢の手練《てだ》れであった。加えて討たれた様子を聞く限り、敵は複数のようじゃ。町方《まちかた》が敵《かな》う者どもではないぞ」

冷めた口調で水野は返した。

「ひょっとして、雛子さまを守る者たちがおるのではないでしょうか。南朝を守り続けてきた者たちかもしれませぬ。そう、宗軒が申しておった𦤶党でございます」

鳥居は大真面目に言った。

「ふん、南朝など夢物語じゃ。加えて南朝の守護者か。馬鹿げておる……」

笑い飛ばしてみせようとしたが、やがて水野の表情は引き攣った。

「とにかく、探索を進め、敵の素性だけでも確かめます」

鳥居も表情を強張らせ、座を払おうとした。

それを、

「待て」

水野は引き止めた。

鳥居はおやっとして水野を見返した。

水野は家臣を呼び寄せ、

「現場へ案内致せ」

と、命じた。

「水野さまがわざわざ出向かれなくとも、拙者《せっしゃ》が同心どもに検証をさせます」

鳥居は止めたが、

「わしの目で確かめる」

水野は譲らず、それ以上鳥居は逆らわなかった。

水野と鳥居は水野家の家臣の案内で稲荷へとやって来た。念のため、周囲は警固の家臣が固めている。

境内に足を踏み入れると、人の焼けた濃厚な臭いが鼻をつく。水野も鳥居も着物の袖で鼻を押さえながら骸と化した家臣を確認した。次いで提灯が鳥居に向けられると、串刺しとなった二体を目の当たりにし、水野も鳥居も茫然と立ち尽くした。

「想像を絶する敵でござりますな」

鳥居の語りかけに、

「う〜む」

水野は深刻な顔つきで応じた。

「いかがなされましたか」

「間違いなかろう」

水野は独り言を呟く。

「心当たりが……」

鳥居は問いかけを重ねる。

「鵺党……そなたが宗軒から聞いた者ども……和気剛憲率いる鵺党の仕業に違いない」

水野は断じた。

「水野さま、鵺党をご存じなのですか」

鳥居は口を半開きにした。

「わしが京都所司代を務めておった頃のことであった」

水野は目をしばたたいた。

十七年前、水野が京都所司代を務めていた頃、御所周辺に火付けがあった。火付けに乗じて盗みを働こうとした一味の仕業であった。

盗人一味は御所に忍び入り、三種の神器の内、八咫鏡《やたのかがみ》、八尺瓊勾玉《やさかにのまがたま》を盗み取った。残る草薙《くさなぎ》の剣は尾張《おわり》の熱田《あつた》神宮に奉納されているために盗み出すことはできなかったのだ。

所司代と京都町奉行所は必死で盗人一味を追った。

「その翌日であった」

三条河原《さんじょうがわら》に盗人たちの、焼け焦げた骸が十体余り三条大橋《さんじょうおおはし》の橋脚に串刺しにされていたのだった。

「勾玉と鏡は無事に御所に返された。間違いなく本物であった。わしは安堵した。それでも、一体何者の働きであろうと、訝しんだ」

京都町奉行所も所司代の役人も心当たりがないと言葉を揃えた。

「所司代や奉行所に勤める都の者たちの間に、何やら不穏な空気が漂っておった」

水野は馴染みとなった公家や学者から、

「鵺党とそれを率いる和気剛憲の名を聞いたのだ」

鵺党は京都に都が造営される以前から山城国《やましろのくに》に棲みついていた。桓武《かんむ》天皇の命で平安京の造営を司《つかさど》った和気清麻呂《わけのきよまろ》から内裏の警固に雇われた。警固ばかりか諜報活動も担い、首領は清麻呂の姓、「和気」を与えられ代々受け継がれたということだった。

平安の御代から鎌倉武士団の時代を経て足利時代となり、応仁の乱により都が乱れると独自に跋扈《ばっこ》を始める。時の権力者と結びつき、朝廷を守りつつも権力者のために働いてきた。足利将軍が都から放逐《ほうちく》されてからは織田信長、豊臣秀吉のために働き、徳川幕府が成立すると幕府とは距離を置き、禁裏守護に専念するようになった。

「和気清麻呂以来、朝廷を守護する一党とは眉唾と思ったが、鵺党の凄まじい殺戮《さつりく》ぶりには目を見張った。一党の正体を探りたくなったが、公家も学者も必死でわしを止めた。わしに災《わざわ》いが及ぶ、と申しおってな。その時は、ひるんでなるものか、と気負ったが、二つの神器が返ってきたことでもあるし、一時にせよ奪われたのは当方の手落ち、騒ぎ立てることもなかろうと、鵺党には関わらなかった……その鵺党めが……」

語る内に水野は家臣の命を奪った鵺党への憎悪と恐れを抱いたようで、声音が太くなった。

「想像を絶する者どもですな」

鳥居も思案を巡らすように腕を組んだ。

「鵺党が雛子さまを守護しておるということは、雛子さまは南朝の皇統を伝える皇女ではない、ということか。それとも、鵺党は南朝、北朝《ほくちょう》、関係なく皇統を守る、ということであろうか」

水野は首を傾げた。

「いずれにしましても、雛子さまを守護しておるということは、鵺党も甘露屋の品川屋敷におるのでしょう」

鳥居の推測に、

「おそらくはそうかもしれぬ」

水野も賛同した。

「明日、捕縛に向かいます」

鳥居は言った。

「品川は町方の差配外じゃ。それに、申したように町方の手に負える相手ではない」

淡々と水野は断じた。

「公儀よりのご助勢をお願い致します」

水野に向き鳥居は一礼した。

「さて、鵺党を捕縛すること、得策であろうかな」

水野は薄笑いを浮かべた。

「水野さま、ご家来衆が殺戮に遭ったのですぞ。公儀の威信にも関わります」

鳥居はむきになった。

「町方の責任にはならぬ。ここは、武家地、やられたのはいずれも当家の者どもじゃ。わしが訴えぬ限り、町方は動かずともよい」

水野にたしなめられ、

「それはその通りですが……」

鳥居は悔《くや》しそうだ。

「焦《あせ》らずともよい」

更に水野は制した。

「よろしいのですか」

鳥居は危ぶんだ。

「鶫党、恐るべしじゃ。それだけにな、使いようがあろう」

水野が言うと、

「なるほど」

途端に鳥居は目を暗く輝かせた。

「わしはな、これを奇貨《きか》とする」

水野は決意を示した。

「……………」

鳥居は黙って水野の言葉を待った。

「鶫党、わしを敵とみなして先制攻撃をしかけてきたのじゃ。鶫党の背後には水戸さまがおられるかもしれぬ。鶫党は水戸さまについたことになる」

水野の考えに、

「御意にございます」

鳥居は応じた。

「であるのなら、鶫党を引き込む機会となる。敵する者ではあるが、昨日の敵は今日の友じゃ。わしを敵視したということは、わしの力量を認めているからじゃ」

水野の考えに、

「御意にございます」

鳥居は追従の言葉を繰り返した。

「ふむ、これは面白くなってきたぞ」

水野は目を輝かせた。

「いかがなされますか」

鳥居もうれしそうだ。

「明日、品川の甘露屋の屋敷を訪れる」

「いや、いくらなんでもそれは……」

鳥居はためらった。

「いくら甘露屋や鵜党でも、老中職にある者を手にはかけまい。正々堂々、白昼に訪れる。宗軒も老中を門前払いにはせぬであろう」

水野は声を上げて笑った。

「まさしく」

釣られるように鳥居も笑い声を放った。

「さて、わしが訪れたら宗軒も鵺党の和気もどんな顔をするであろうな。楽しみであるぞ」

水野はほくそ笑んだ。

「拙者も是非とも同道させてください」

鳥居は申し出た。

「よかろう。そなたも、精々、相手を牽制してやれ」

「お任せください。いくら鵺であろうが、都を棲み処とする者どもに江戸で大きな顔をされては我慢なりませぬ」

鳥居はめらめらと決意の炎を燃え上がらせた。

「町奉行の意地を見せよ」

水野は命じた。

六

外記は水野屋敷探索の帰途、お勢の家に立ち寄った。稽古場に人がいるようだ。母屋に入り、お勢に迎えられた。

「稽古場、再開をしたのか」

外記が問いかけると、

「それがね、お客さまがいらしているのよ」

お勢は村山庵斎と小峰春風が品川の甘露屋宗軒の屋敷に招かれてから、皇女雛子と侍女の町子を連れて来た経緯を語った。

「それで、明日、真中さんが市中をご案内することになったのよ」

お勢は語り終えた。

「なんと、雛子さまが……奇《く》しき縁と申すものか」

外記は雛子を守る鵺党に遭遇《そうぐう》したことを打ち明けた。

「鵺って、妖怪でしょう。錦絵《にしきえ》で見たことがあるわよ。顔が猿で胴体が狸で手足が……なんだっけ、ま、それはいいか。何だか怖い連中ね。じゃあ、鵺党は血眼《ちまなこ》になって雛子さまを追っているんじゃないの」

「そうであろうな」

外記は返事をしたものの、何か腑《ふ》に落ちない。鵺党の和気剛憲は水野に雛子を利用することへの警告を発した。

しかし、水野が雛子を屋敷内に匿っているとは思っていないようだった。雛子の行方探索も行っているのだろうが、切迫した感じはなかったのだ。

「都の皇女さまには、江戸は珍しいからね、ねぎま鍋も召し上がって、明日の朝は鮪の漬けを出して差し上げるつもりよ」

危機意識なくお勢は言った。

「そうだな……」

外記が生返事をすると、

「どうしたのよ」

お勢は非難《ひなん》めいた物言いをした。

「いや、何でもない。それよりも、明日の夕暮れには甘露屋の屋敷に送り届けねばならぬぞ」

外記は釘を刺した。

「その点は真中さんのことだから間違いないわよ」

心配ないと、やはりお勢は危機意識薄弱《はくじゃく》だ。

「そうか」

外記も生返事を繰り返した。

「父上、雛子さまに会う……いえ、お目通りする」

お勢が問うてきた。

「いや、もう夜更けだ。ゆっくりお休み頂くべきだ。明朝にしよう」

外記の言葉にお勢はうなずいた。


明くる十三日の朝、朝餉《あさげ》を済ませてから外記は雛子と町子に挨拶をした。

「ほう、お勢さんのお父上ですか」

町子が興味深そうに外記を見た。

外記は丁寧に挨拶をする。雛子も微笑《ほほえ》みを浮かべながら挨拶を返した。

「御家人というと、どんなことをしておられるんですか」

町子は遠慮会釈のない態度で問うてきた。

「特別な役割はござりません。非役《ひやく》の旗本、御家人はいざという時に備えておるだけです」

外記が答えると、

「いざ、鎌倉ならぬいざ江戸ですか。幕府はいざ江戸のために江戸や上方を直轄地にしたいのですな」

町子は聡明のようだ。

「さて、どうでしょうな」

「青山さん、幕臣として何にもお考えはないのですか。海防が叫ばれているご時世ですよ」

思いもかけず強い口調で非難され外記はたじたじとなった。

町子は幕府、幕臣と言っている。近頃、公儀を幕府と呼ぶ向きが出てきた。特に尊王心篤い者にそうした傾向がある。

「末端の者は上の指図で動くのみです」

外記は言い訳をした。

「上の言いなりですか」

町子の顔に侮蔑《ぶべつ》の色が浮かんだ。

「言いなりとはきついお言葉ですな」

「よく言えば忠義《ちゅうぎ》というものですか。悪く申せば言いなり、ですわ。幕臣は将軍さんの言うことを聞かなければなりませんわなあ。ほんでも、将軍さんは天子さんの御心を安んじ奉るのがお役目。夷敵《いてき》から日本を守らなあきまへん」

弁舌爽《べんぜつ》やかに町子は述べ立てた。

雛子は口を閉ざし、静かに微笑んでいる。

呆気《あっけ》に取られお勢は口を挟めず、横を向いていた。

雰囲気が悪くなったことに町子は気づき、

「これは、えらいすみません。女だてらに生意気を申しました。天子さまも御所も幕府に守ってもらっておりますから。どうか、よろしゅう頼みます」

と、一転して殊勝《しゅしょう》な態度で両手をついた。

「あ、いや、大変によいお言葉を頂きました。身が引き締まる思いですぞ」

面《おもて》を上げてくだされ、と外記は頼んだ。

続いて外記は真面目な顔で、

「ところで、鵺党をご存じですか」

と、話題を鵺党と和気剛憲に向けた。

町子は表情を変えずに存じております、と答えてから、

「青山さんはよう鵺党を知ってはりますな」

「偶々《たまたま》、都に上った時に噂を耳にしました」

御所から三種の神器の八尺瓊勾玉と八咫鏡が盗み出された一件を持ち出した。

「あの時、幕臣の端くれとしまして神器探索に奔走《ほんそう》しました。それで、三条大橋の下で無残な骸となっている盗人連中を見かけた際、鵺党の仕業だと耳にしたのです」

外記は語った。

「ほう、あの時に……もっとも、十七年も前のことや。姫さんもわたくしも二つの幼子《おさなご》でしたからな、後々に御所で聞かされました」

町子は雛子と顔を見合わせた。

「鵺党、江戸に来ておるようですな」

外記は言った。

「姫さんを御守りするのが役目ですからな」

当然のように町子は返した。

「今頃、鵺党は血眼になって雛子さまを捜しておりましょうな」

外記の問いかけに、

「そうとちゃいますか」

まるで他人事のように町子は答えた。

「江戸市中で騒ぎは起こさないでしょうが、鵺党が事を荒立てないように、注意をしてくだされ」

外記の頼みに、

「鵺党は、無茶はしません。姫さんに迷惑をかけるようなことはせえへんですわ。それに、宗軒はんに、無事を報せる文を出しましたから」

町子は言った。

外記は逆らわずにうなずいた。

町子は話題を変えた。

「江戸は奢侈禁止令のお陰で、盛り場は火が消えたようですわな」

やっと、自分も話題に参加できるとお勢が割り込んだ。

「この稽古所も妖怪奉行さまが南の御奉行さまに成る前は繁盛していたんですよ」

「それは想像できますわ。お勢さんは、三味線は上手やし、別嬪《べっぴん》さんやからモテはるやろうし」

てらいもなく町子はお勢を誉めた。

「まあ、お上手だこと」

右手を左右に振ってお勢は照れ笑いを浮かべた。

「ほんでも、江戸の風情《ふぜい》を味わえる所はありますのやろ」

町子は期待を示した。

「浅草観音《あさくさかんのん》の裏手、奥山《おくやま》という盛り場は、地味にはなりましたけど、まだ江戸の風情が味わえますわ」

浅草寺《せんそうじ》は徳川家康が江戸に入府した際、祈願寺とした。以来、代々の将軍が保護をしている。さすがに鳥居も浅草寺の盛り場には手出しはできないのだ。

「浅草観音でお参りをして奥山を散策しましょうか」

町子は雛子に言った。雛子はうなずく。

そこへ、真中がやって来た。

「失礼致します」

真中は格式ばった挨拶をした。

「真中さん、奥山をご案内してあげてくださいな」

お勢に言われ、真中は承知しましたと真面目に答えた。

「真中正助、生真面目な上に剣の腕も立ちます、大船に乗ったつもりでおられよ」

外記は言いながら、真中では町子に振り回されるのではないか、と危ぶんだ。

「では、支度しますね」

町子は言った。

外記たちは部屋から出た。

外記は真中に十両を渡した。

「しっかりと御守りせよ。よもやとは思うが、雛子さまの身にもしものことがあってはならぬ」

「承知しております」

真中は真剣な面持ちでうなずいた。

「それから、鵺党という天子さまを守る者たちが江戸に来ておる」

外記は鵺党についてかいつまんで説明した。

「驚くべき者たちですな」

真中は剣客《けんかく》としての本能が呼び起こされたようだ。

「剣を交えたくなったかもしれぬが、そこは自重《じちょう》せよ」

外記に窘《たしな》められ、

「わかっております」

大真面目に真中は返事をした。

町子と雛子が出て来た。二人ともお勢が貸した小袖に着替えていた。

町子はいかにも江戸の町娘といった雰囲気を漂わせている。

「では、参りましょう」

真中は案内に立った。

七

水野忠邦と鳥居耀蔵は品川の甘露屋屋敷を訪れた。

鳥居が通されたのと同じ座敷で、

「これはこれは水野さま、鳥居さままで。御用向きがございましたら、こちらから出向きましたものを」

宗軒は慇懃《いんぎん》に挨拶をした。

奢侈禁止令を発し、幕府財政建て直しを推進する老中を憚《はばか》ってか、今日の宗軒は地味な木綿《もめん》の小袖に袴、絽の夏羽織を重ねている。足袋《たび》は履かず、素足であった。

「いやいや、それはよい。こちらの用向きであったゆえ、それには及ばぬ」

水野は右手をひらひらと振った。

「雛子さまへの謁見《えっけん》でござりますか。いくら御老中さまでも、前触れもなくいらして面談を求められても敵いませぬなあ」

宗軒は頭を振った。

「早合点《はやがてん》致すな。わしとて、雛子さまへの面談をごり押しするものではない。わしが参ったのは鵺党の頭領和気剛憲に会いたいからじゃ」

水野は言った。

はっとなって宗軒は言葉を詰まらせてから、

「鵺党の和気さま……」

曖昧に言葉を濁した。

すると鳥居が、

「惚《とぼ》けずともよい。昨夜、鵺党の方から水野さまの御屋敷を襲撃、いや、挨拶をしに参ったではないか」

と、威圧するかのような顔をした。

「そうですか……」

思案するように宗軒が呟いたところで、

「御免」

と、当の和気が入って来た。

和気は水野に一礼してから宗軒の隣に座した。

「これは、そなたがわしに出したものであるな」

水野は袂《たもと》から矢文を取り出した。それを確かめることもなく、

「いかにもわしですな」

和気は動ずることなく認めた。配下の者を水野屋敷に潜入させた挙句《あげく》、家臣を殺戮した乱暴狼藉《ろうぜき》を詫びるどころか、誇っているかのようだ。傲岸不遜《ごうがんふそん》な和気の態度を目の当たりにし、

「おのれ！　無礼千万な奴め」

鳥居は色めき立った。

それを水野は制し、

「わしはそなたに借りがある。京都所司代の頃、盗人に神器を奪われた。それを鵺党が取り戻してくれたからな」

と、鷹揚な態度を示した。

「それは、畏れ入ります」

和気は静かに返し、鳥居に向かって薄笑いを浮かべた。鳥居は眉をひそめ、そっぽを向いた。

「今回、雛子さまの江戸見物に当たり、御守りするためにやって来たのであろう。わしに近づくな、と警告を発したということは、雛子さまに近づこうとする者がおる、ということか」

水野は問いかけた。

「おりますな。水野さま以外には水戸さまがさしずめ挙げられましょう」

臆することなく和気は答えた。

「はっきりと申すとは心地よいのう。して、水戸中納言さまよりの働きかけはあったのか」

水野は目を凝らした。

「それは、申せませぬな」

和気は首を左右に振った。

「ほほう」

水野はにんまりとした。

「御老中、ご期待に添えそうにござりませぬこと、お詫び申し上げる」

慇懃に和気は頭を下げた。

「ならば、話題を変えよう。ずばり、申すぞ。禁裏に上知令を承諾してもらいたい。それなら、禁裏御料を一万石増やそう。公家衆も五千石を加増する。また、甘露屋宗軒、公儀が命じた御用金を免除致す」

高らかに水野は告げた。

　禁裏御料、すなわち天皇の石高は江戸幕府開闢当初は一万石であった。その後、元和《げんな》九年（一六二三）、徳川家光《いえみつ》が上洛《じょうらく》し、三代将軍に任官された際、一万石を加増した。更に、宝永《ほうえい》二年（一七〇五）、五代将軍綱吉《つなよし》が一万石を加増、総計三万石のまま今日に至っている。公家の石高は百六家で四万六千石余りである。公家最高位にある五摂家《ごせっけ》の近衛《このえ》家、九《く》条《じょう》家でさえ三千石余りだ。

　石高からすると天皇は城を構えることが許されない陣屋《じんや》大名、五摂家は精々中級旗本である。水野が提示した加増は禁裏も公家も大いに歓迎するだろう。

「ほう、それは……」

　和気はちらっと宗軒を見た。

「これは、大盤振る舞いですな」

　宗軒は笑みを深めた。

「わしは本気ということじゃ」

　水野は切れ長の目をこらした。

「確かに水野さまの申し出はありがたく承りました」

　和気は両手をついた。

「ならば、確約が欲しい。一筆、したためてくれぬか。朝廷に上知令賛同を勧めるとな」

水野は宗軒に言った。

「水野さま、それは無粋というものでございます」

「無粋とはどういうことじゃ」

鳥居が声を大きくした。

水野が、

「まあ、鳥居、そういきり立つな」

と、再び鳥居を制する。鳥居はむっとしながらも口を閉ざした。

水野が、

「なるほど書面には残せぬか。お互いの信用と言いたいのじゃな。鵺党はまさしく鵺、禁裏を闇の中から御守りするのが役割。証文で御守りしておるのではあるまい。甘露屋の御用金免除にしてもわしの一存で特別に行う。御用金を課す商人どもの手前、書面にはできぬ」

宗軒がうなずき、

「さすがは水野さま、大所高所から政を御覧になっておられる。京都所司代をお務めであった頃は、稀なる名所司代と評判を得られただけはありますな」

と、鳥居に視線を移した。

あたかも、鳥居を蔑んでいるかのような眼差《まなざ》しである。鳥居は面白くなさそうに口をもごもごとさせた。

水野は続けた。

「ならば、もう一度宗軒に物申すぞ」

と、断りを入れた。

宗軒は恭しい所作で頭を下げる。

「公儀は禁裏には一万石、公家衆には五千石を加増致す。それをそなたが朝廷に伝えよ」

「承りましてございます」

宗軒は恭しく頭を下げた。

「水戸中納言さまがどう出るであろうな」

水野の危惧に、

「さて、水戸中納言さまは聡明なお方、思いもよらぬ一手を打たれるかもしれませぬな」

思わせぶりに宗軒は口元を緩《ゆる》めた。

「どんな一手じゃ」

落ち着きを取り戻して鳥居が問いかけた。

「雛子さまを攫う……あ、いえいえ、これは手前としたことがとんだ世迷言《よまいごと》を言うてもうたわ……」

宗軒は自分の頭を拳《こぶし》で叩いた。

鳥居は暗く淀んだ目で宗軒を見つめた。

第三章　皇女の受難

一

真中正助は雛子と町子を浅草寺の裏手に広がる盛り場、奥山に連れて来た。

「ほんま、賑わっているわなあ」

町子が好奇の目をした。

盛り場では様々な見世物小屋、大道芸を楽しむ。

矢場《やば》の前を通りかかると町子がやってみたいとはしゃいだ声で言い出した。真中は聞き入れ、雛子と町子を連れて矢場に入る。矢を拾う矢場女から雛子と町子のために矢を買い求めた。

雛子は見ているだけでいい、と見物に回ったが町子は大張り切りで矢を射た。七間半（約十三・五メートル）先の的に町子は狙いを定めた。鏃《やじり》のない矢を的に当てれば景品がもらえる。

町子は雛子の分も合わせて二十本の矢を射ることができる。

真剣な表情で矢を番えて的を射る。

しかし、矢は失速して的に届かない。町子はめげず、次々と矢を射た。

七本目でようやく的付近に届くようになったが、大きく外れている。町子は負けん気も強く、

「今度こそ」

と、自分を叱咤して矢を射る。

町子の奮闘を黙って見ていられず、真中は、

「失礼致します」

と、町子の背後から弓と矢を持つ手を矯正《きょうせい》し、

「心持ち、的より上に狙いを定めるのです。本物の矢と違って、矢場の矢は鏃がありませんので真っすぐ飛ばないのですよ」

親切心で助言をすると、

「なんや、もっとはよ言うてよ」

町子は不満顔になったが真中の助言を素直に受け入れた。

斜め上に矢を向け、町子は射た。

弧を描いた矢が、的の下方を射た。

「当た〜り」

矢場女の声と太鼓が打ち鳴らされた。

「ほんまや、真中さん、おおきに」

的中して町子は気をよくし、真中に笑顔を向けた。真中はほっとした。

町子は矢が尽きるまで射続け、ついに二十本目に図星に的中させた。

「やった、やった」

はしゃぐ町子の横で雛子は静かに微笑んだ。

景品に受け取った玩具《おもちゃ》を町子は目についた子供たちにやった。

一休みすることにした。

葦簀《よしず》張《ば》りの茶店がある。

「心太《ところてん》を食べたいわあ」

町子が言い、

「ならば、こちらに」

真中は二人を連れて茶店に入った。三人分の心太を頼む。日輪が葦簀の影を斑《まだら》模様に落としている。松の木陰にあって、心地よい風が吹き抜ける。

運ばれてきた心太を町子は食べるなり、

「なに、これ。間違って酢が入ってるわ」

と、文句を言い立てた。

次いで、

「姫さん、うちの心太、間違いですわ」

と、雛子にも文句を伝えた。雛子は一口、口をつけただけで顔をしかめ、縁台《えんだい》に置いた。

「真中さん、取り替えてもらってください」

断固とした口調で町子は抗議した。

「いや、その……心太は酸《す》っぱいものですぞ」

真中は戸惑い気味に返し、自分のも酸っぱいのだと言い添えた。

「そんなはずないわ。甘くないと心太やない。姫さんもよう食べんやないですか」

負けじと町子は言い返す。

「いや、心太は酸っぱいものです」

真中も譲らない。

「そんなはずないわ」

町子も主張して止まない。町子によると、上方の心太は黒蜜《くろみつ》を使った甘いもの、おやつなのだそうだ。

「江戸と上方の違いでしょう。ですが、町子どの、上方との違いを楽しむのが江戸見物なのではありませぬか」

真中が諭すように言うと、

「それもそうどすな」

町子は納得したようにうなずいた。

すると、

「姫さんも我慢して食べてみたらええですわ」

と、あっけらかんとした顔で雛子に語りかけ、町子は心太を食べ始めた。時々、酸っぱいと顔をしかめながらも食べ終えた。

「江戸の人たちは酸っぱい物が好きなのですか」

大真面目に町子は問いかけた。

「人それぞれでしょう。ちなみにわたしは酸っぱい物はそれほど好きではありません」

生真面目に真中は答えた。

「ようわからんなあ」

町子は不満そうであった。

町子は立ち上がり、茶店を出た。

すると、大道芸人が芸を競っている。ただ、人垣《ひとがき》が出来ていてよく見えない。町子は背伸びをしながら見物を続けた。すると、人垣が揺れ、隙間ができた。

すかさず町子が足を踏み入れ、

「姫さん、こっちこっち」

と、雛子を手招きした。

雛子は慌てて歩を進めた。すると、その前を横切ろうとした男にぶつかってしまった。

「気を付けろ！」

怒りに顔をしかめ怒鳴り立てた。

雛子はびっくり仰天《ぎょうてん》し、口を半開きにして立ち尽くした。次いで、ぺこりと頭を下げる。

「なんでえ」

男は足を見た。

「足を踏んどいて、ちゃんと謝《あやま》れよ」

小袖を着崩し、目つきのよくない男、いかにもやくざ者である。

真中が近寄り、

「その辺にしてくれないか。本人も謝っているんだ」

と、男に声をかけた。

男は不満そうな顔で、

「おいおい、お侍が出る幕じゃないだろう」

と、凄んだ。

「それが出る幕なのだ。と、申すのはわたしの連れであるからな」

真中は言った。

「あんたのまぶってわけかい」

からかい半分にやくざ者は言う。

「そうではない。ちょっとした知り合いだ」

「ちょっとってのが気に入らねえが、こっちは足を踏んづけられてよ、痛い思いをしているんだ。はいそうですか、と引き下がるわけにはいかねえんだ」

「では、いかにすればよい。多少の詫び賃なら支払うぞ」

真中は袖から財布を取り出した。

「見損なってくれるな！　おれはな、銭金を求めているんじゃねえ。この娘の誠意ってものを求めているんだよ」

ここぞとばかりに男は言い立てた。

大道芸を見物していた者たちの中にはこちらのいさかいに興味を示す者がいて、距離を置きながら見物を始めた。

「誠意とは何だ」

真中は問い返した。

「真心だよ」

男は得意げに言った。

すると、

「なんや、言いがかりをつけているのか」

町子が割り込んだ。

真中は町子を止める。

すると男はますます居丈高《いたけだか》となり、

「こりゃ、お侍、昼日中《ひるひなか》から二人の女子を連れ歩くとは大した色男だな。そんなら、一人を貸してくれてもいいだろう。なに、酒の相手をしてくれればいいさ」

男は下卑《げび》た笑いを浮かべた。

真中が断る前に、

「あほなこと言うてる場合か、このやくざ者が！」

町子が強気に言い立て雛子を背中に庇《かば》った。男はにんまりとし、

「おっと、あんた上方の出かい。こりゃ、いいや。江戸っ子ってものを知らしめてやるぜ。なあ」

男が大きな声を出した。

野次馬をかき分け、ぞろぞろと男たちが現れた。いずれもごろつきである。

「なに、江戸っ子って、女を相手に数を頼んで脅《おど》すの。ほんま、卑怯《ひきょう》もんやなあ」

町子があざけると、

「そうだ」

「卑怯だぞ」

と、野次馬の中から声が上がった。男は声の方を睨みつける。

「そっちだって、二本差しが控えていなさるじゃねえか」

男が言ったところで、

「阿呆《あほう》！」

町子は男の足を踏んだ。男は苦痛に顔を歪《ゆが》めながら、

「女だからって下手《したて》に出ていりゃ、調子に乗りやがって」

と、仲間をけしかけた。

町子は雛子の手を取って、真中の背後に回り込んだ。

「真中さん、強いところを見せておくれやす」

町子は都合のいいことを言い立てた。

真中は若干戸惑いながらも承知した、と答えた。

「お侍、ここは浅草の観音さまの境内だぜ、刀を抜くことは許されねんだ」

男は胸を反らした。

「汚いねえ」

町子は言った。

やくざ者たちは真中たちを囲んだ。

真中は口から大きく息を吸い、少しずつ吐き出した。丹田に気を送る。全身に血潮が駆け巡り、気力が溢れた。

真中は右手を突き出し、

「とう！」

と、甲走《かんばし》った声を発した。

外記の気送術ほどではないが陽炎が立ち昇り、男が揺らめく。

と、次の瞬間、突風が稲穂を吹き倒すが如く男は仰《の》け反り、やがて後方に吹き飛んだ。

「なんだ……」

男は尻餅《しりもち》をつきながら目を白黒させた。それでも、立ち上がって再び殴りかかろうとした。もう一度、真中は気送術を放った。今度はより一層大きく吹っ飛んだ。

尻をしたたかに打ち、男は口を利くことも立ち上がることもできない。

子分たちに抱き上げられてその場を去っていった。

「いやあ、すごいなあ。ほんまに。いまのはなんや」

町子は感心して真中を見た。雛子はまだぶるぶると身体を震わせていた。

「まあ、よろしいではありませぬか」

真中は話を逸らそうとした。

「聞きたいわ。江戸は剣術の道場が沢山あると聞いてたけど、刀を抜かんでも敵を退治できる技があるのやなあ。びっくりしたわ。なあ、姫さん」

興奮して捲《まく》し立てる町子に対して雛子はうなずくばかりである。

「まあ、剣術とは違うのですが」

曖昧に真中は返すと、

「ほんなら、何ですか」

町子は興味津々である。

「まあ、武芸の一種です」

「妖術《ようじゅつ》のようやなあ。そうや、都にも妖術を使うお人らがおりますわ」

「都ならおりそうですな」

武芸の話題となり、真中は表情を緩ませた。

「もちろん、実際に見たわけやないけど、口から火を噴くんやで」

町子は口から火を噴く真似をした。

二

「火を噴く……それは大道芸のようなものですか」

真中は首を傾げた。

「大道芸みたいやけど、ほんでも、強くて怖いお人たちやそうですわ。都ができた頃から禁裏を御守りしてはるそうですよ」

大真面目に町子は語った。

「京の都が出来たというと……」

真中は空を見上げ、史書《ししょ》で読んだ平安建都の年を思い出そうとした。

「ざっと、千年以上昔のことですわ」

心持ち自慢そうに町子は教えてくれた。

「千年ですか……東照大権現さまが江戸に公儀を開かれて二百四十年くらいですから、四倍以上……いやあ、歴史があるのですな。京の都以前は南都《なんと》、その前は大和《やまと》や近江《おうみ》、河内《かわち》のあちらこちらに都が築かれ内裏を構えておられた……」

気が遠くなりそうだ、と真中は言い添えた。次いで、

「その火を噴く者たちは千年以上、禁裏を御守りしておられるのですな」

「古《いにしえ》より、鬼や鵺、大ムカデ、土蜘蛛《つちぐも》なんかも退治してはるんですよ」

「ほう、妖怪も」

半信半疑で真中は問い返した。

「ああ、そうや。鵺で思い出したわ。鵺党って呼ばれてますわ」

町子は言った。

「鵺党……」

外記から聞かされた。

鵺という妖怪について真中は記憶の糸を手繰った。

『平家物語《へいけものがたり》』に記載されていたはずだ。顔が猿、胴体が狸、手足が虎、そして尻尾は蛇という妖怪である。

「妖怪退治もしてきた一党であれば、見たこともない術を駆使するのでしょうな」

「真中さん、勝負をしてみたいのと違いますか」

町子はにっこりと笑った。

「いや、そんなことはないが」

否定しながらも真中は剣客としての本能がうずいてしまった。

「ああ、勝負したい、と顔に書いてあるわ。ほんま、正直なお人や」

町子にからかわれ、

「いや」

どうも、この町子という女にはかなわない。好奇心旺盛でしかも度胸がある。何事にも物怖じしない。お勢と共通点があるようだ。

「鵺党か……」

気になってしまって、ついつい口から漏れてしまった。

「さあ、もっと、面白いものを見物したいし、お腹もすいてきたなあ」

町子は雛子に何処に行きたいのか確かめた。雛子ははっきりとは言わない。

「この後、大川で舟遊びをする予定ですぞ」

真中が言うと、

「それはいいわ」

町子は受け入れた。

真中の案内で雛子と町子は奥山を立ち去った。そんな真中たちをじっと窺っている男たちがいた。

鵺党である。首領の和気剛憲と高瀬清史郎もいた。白昼、公衆の面前とあって鵺の面は被らず、小袖に野袴という武家の装いで人混みに溶け込んでいた。

「雛子さま警固の侍、菅沼外記の気送術を使いましたな」

高瀬の言葉に、

「菅沼外記配下の者であろう。となると、雛子さまを匿った俳諧師と絵師も外記の一党だな」

和気は答えた。

「菅沼外記と争うことになりますな。お頭《かしら》は敵対したくはなかった、と申されましたが、わたしはお頭がそれ程までに高く買う男、相手にとって不足なし、勝負をしたいですぞ」

「高瀬、うれしそうだが、抜かるなよ」

和気に釘を刺され、

「お任せください」

自信を漲《みなぎ》らせ高瀬は胸を張った。


真中ら一行は、柳橋《やなぎばし》の船宿へとのんびりと歩くことにした。

「お駕籠《かご》を仕立てましょうか」

真中が辻駕籠を止めようとしたが、

「のんびり、歩きますわ。途中に屋台が並んでますやろ」

町子は言った。

「わかりました。それで、よろしいですか」

真中は雛子に確かめる。雛子は黙ってうなずいた。

御蔵前通りを南、柳橋に向かって歩いてゆく。途中、寿司の屋台があった。一瞬の躊躇《ためら》いもなく、町子は雛子の手を引き、屋台の暖簾《のれん》を潜った。

真中も続く。

「これが握り寿司……」

興味津々となって寿司に町子は見入った。江戸前の魚をネタとしている。

「これは海老か……他のは」

町子は客が食べる寿司を指差して問いかける。烏賊とか蛸とか白魚《しらうお》、小鰭《こはだ》だと真中は教えた。

「手で食べるのんか」

町子は箸がないことに気づいた。

「それが握り寿司の食べ方なのですよ」

真中が返すと、

「醤油で指が汚れるやないか」

むっとして町子は問い直した。雛子も不安そうに目をしばたたく。

「指の汚れは、これで拭くのです」

真中は暖簾を引っ張った。

「暖簾を汚してもかまへんのんか」

町子は首を捻った。

「それが習わしでしてな。ですから、暖簾が汚れた店が繁盛《はんじょう》している目印にもなるわけでして」

答えてから真中はこの店は繁盛しておるようですぞ、と言い添えた。

「なるほど、繁盛している店の暖簾は汚いんやなあ」

言ってから町子は吹き出した。

雛子はきょとんとしている。

「姫さん、何を食べます」

問いながらも町子は目当てのネタに目を向けている。雛子は町子に任せると言った。町子は海老を頼んだ。

すぐに海老が握られた。

やや赤い飯に海老が載せられた寿司が町子と雛子の前に出される。町子は興味深そうに眺めた。真中は小鰭を頼んだ。

「このように、醤油に浸してください」

真中は小鰭を醤油に浸してから口に運んだ。

「こうか」

町子もやって見せた。

真中はうなずく。

町子は見様見真似で寿司を醤油に浸し、口の中に入れた。一口では食べられない。口を左手で隠し、咀嚼する。

　すぐに顔が輝き、

「美味しいわあ」

破顔《はがん》し、雛子にも勧める。雛子もおっかなびっくりに寿司を食べ始めた。口の中に入れ、不安そうに咀嚼した後に、町子同様に満面に笑みを広げ、何度もうなずいた。

　真中はそれを見てほっとした。

　続いて町子は小鰭、烏賊、蛸と次々と寿司を注文したが、雛子は海老と小鰭を食べるのが精一杯であった。それも無理はない。この時代、握り寿司のシャリは大きい。握り飯のような大きさ、と言うべきだ。

　歳若い娘が二つ食べるのがやっとというのは、食が細いからではないのである。それからすると町子の健啖《けんたん》ぶりは目を見張るものがあった。食欲旺盛に加えて好奇心の強さがそうさせているのだろう。

　食べ終わらぬ内に、

「もう一遍、海老をください」

　などとあっけらかんとした声で頼んでいる。

　それには店内の客たちから賞賛の言葉が贈られた。

挙句に、

「あ〜あ、美味しかった」

と、満足の笑みを広げ暖簾で指を拭いた。

町子は江戸前の魚を堪能《たんのう》し、満面に笑みを浮かべた。


三人は、柳橋の船宿で屋根船を仕立ててもらった。

四人乗りの船に三人が乗るとあって、船内はゆとりがあった。船頭《せんどう》の舟唄を聞きながら船は進み、程なくして大川に出た。

「戻ることになりますが」

真中は大川を北上し、浅草を越え今戸橋《いまどばし》まで行く、と告げた。

「お任せします」

町子は笑顔を返した。

屋根が日輪を遮り、川風が涼を運んでくる。二十人以上が乗り合わせた屋形船から三味線や太鼓の音《ね》が聞こえてくる。大型船とあって屋根に何人もの船頭が上がり、長い棹で操船している。客たちは宴会に興じていた。

真中たちの船は一人の船頭が櫓《ろ》を操っているとあって、ゆっくりと進む。

右手に肥前国平戸新田藩《ひぜんのくにひらどしんでん》、松浦《まつら》家の屋敷が見える。

「松浦さまの御屋敷ですが、嬉《うれし》の森と呼ばれております」

真中は松浦屋敷を指差した。

屋敷にはこんもりとした森が広がっている。雛子と町子の視線が向いたところで、

「大きな椎《しい》の木が見えましょう」

真中の言葉に雛子も町子も首肯する。

続いて真中は左の河岸を御覧くださいと言った。幕府の米蔵が建ち並んでいる。その河岸に一本の松の緑が映えていた。

「あれは首尾《しゅび》の松と申します。で、椎の木と松は夫婦に見立てられておるのです」

真中が教えると、

「そら、おもろいわあ。ほんで、どっちが旦那でどっちが女房なんですか」

町子が問い返した。

「それは……」

そう言えば、どうなのだろう。

真中は考え込んでしまった。

すると、ごつんという音と共に船が大きく揺れた。雛子が前のめりになり、慌てて町子

が抱きすくめた。

真中は二人の前に膝立ちになり、脇に置いた大刀を手に取った。

「馬鹿野郎！」

船頭が怒鳴りつけた。

船頭の視線の先に猪牙舟《ちょきぶね》が進んでゆく。舳先《へさき》が猪《いのしし》の牙のような一人乗りの小舟である。速度が出るため、吉原通いの客がこぞって利用する。

あの猪牙舟も吉原通いの男が仕立てたのだろう。目当ての女に一刻も早く会おうと急いでいるようだ。

「焦ってはモテぬぞ」

珍しく真中はからかいの言葉を猪牙舟に投げかけた。真中から猪牙舟が吉原通いに利用されることを聞き、町子と雛子は声を上げて笑った。

すると、今度は屋形船が近づいてきた。

「危ねえぞ！」

大声で船頭が注意を喚起したが宴会に夢中の乗客たちは一向に気づかない。真中は屋根で棹を操る船頭たちに視線を向けた。

船頭たちは棹を投げ捨てた。

その不穏な動きに、

「ここを動いてはなりませんぞ」

真中は町子に言い、船頭には岸に着けるよう頼むと、舳先に出た。

大刀を腰に差したところで、二人の船頭が屋形船の屋根から飛び移ってきた。真中は敵が舳先に着地すると同時に大刀の柄頭《つかがしら》で二人の鳩尾《みぞおち》を突いた。

敵はもんどり打って川に落ちる。残る四人もこちらに移ろうとした。みな、匕首《あいくち》を手にしている。

真中は抜刀した。

更に二人が屋根船に飛び降りたが大きく揺れているため、腰が定まらない。すかさず真中はその二人の首筋に峰打ちを食らわせた。二人とも川に落ちた。

残る二人は屋根の上で真中を見下ろしていたがやがて川に飛び込み、対岸へ泳ぎ去った。

こちらの船も左岸に着けられた。

船頭をなくしたというのに屋形船の連中は宴会で盛り上がっている。中には真中と船頭の争いを余興とでも思っているのか、手を打ち鳴らして喜んでいる者もいた。

「いい気なものだ」

真中は苦笑を放った。

そこへ、

「姫さん！」

町子の絶叫が聞こえた。

どきりとして真中は屋根の下に戻った。

雛子を町子が抱きかかえていた。胸が血で染まっている。

町子は悲痛な顔で首を左右に振り、雛子が息を引き取ったことを示した。顔を歪めたまま、町子はそっと雛子の亡骸《なきがら》を横たえ、両目を閉じて合掌《がっしょう》する。閉じられた両の瞼《まぶた》から大粒の涙が零《こぼ》れ落ちた。

「何時の間に……」

真中は自分の落ち度だとがっくりと肩を落とした。船を寄せ、乗り込んで来た敵は残らず撃退した、と思った。屋根船の敵は囮《おとり》だったのだろう。

隙をつかれたのだ。言い訳は出来ない、真中は天を仰《あお》いだ。

真中を嘲笑《あざわら》うような恨めしいくらいの青空が広がっていた。

お勢の自宅、稽古所に戻った。

稽古所に雛子の亡骸を横たえる。

真中が事情を説明した。

「もう、宗軒さんの御屋敷には戻れません」

町子は悲愴《ひそう》な顔で告げた。

「宗軒どのも心配しておられましょう」

真中が言うと、

「襲ってきたのは鵺党や……」

頬を強張らせ、町子は言った。

「あの船頭どもが鵺党……ですが、鵺党は雛子さまを御守りするのが役目ではありませぬか」

真中の疑問に、

「それが、どういう理由《わけ》かはわからんけど、姫さんが生きていては不都合になったのでしょう。甘露屋宗軒も敵に回った、ということや」

雛子ばかりか自分も生命の危機に直面しながら町子は淡々と答えた。

真中とお勢は言葉を失った。

その頃、外記の屋敷を藤田東湖が訪ねていた。

浴衣姿となって縁側でくつろいでいるところの来訪だった。外記は庭で犬を遊ばせていた。猫とみまごうほどの小さな黒犬でばつという。外記が木の小枝を放り投げるとばつはしっかり咥えて外記の側まで走ってくる。

ばつも来客がわかったようで、庭木の木陰に寝そべって大人しくした。

庭に面した居間で、

「わざわざ、ご来訪くださり、恐縮です」

外記は挨拶をした。

藤田も慇懃に返す。酷暑にもかかわらず、藤田に着衣の乱れはない。無地の小袖に仙台《せんだい》平《ひら》の袴を穿き、絽の夏羽織を重ねている。浴衣の自分が恥ずかしくなった。

藤田は気にする素振りも見せず、探索の様子を問うてきた。

「水野さまの御屋敷に忍び込みました」

探索の様子を語った。

「なるほど、水野さまは斉昭公の尊王心を利用しようと企てておられるのですな。いち早く雛子さまを取り込み、朝廷に上知令賛同の声を上げてもらおうと考えておる、ということか……」

藤田は思案するようにうなずいた。

「朝廷に対し、何らかの有利な条件を示すのではないですかな」

外記の考えに、

「そうでしょうな」

考え考え藤田はうなずく。

「それと、鵺党と遭遇しました」

外記は言った。

「鵺党……京の都が出来て以来、帝を御守りする者たちですな。その者たちが江戸に来ておるのは雛子さまの警固のためですな」

藤田は言った。

「その通りだと思います。雛子さまは品川の宗軒の屋敷に逗留しておられるようですな」

「明日、ご挨拶に参上致します」

藤田は慇懃に言った。

「実は、鵺党とは都で会ったことがあります」

外記は御所から三種の神器のうち二つの神器が盗賊に盗まれた際に、共に奪還に当たったことを話した。

「そうであったか。さすがは凄腕の隠密であるな」

感心して藤田は外記を賞賛した。

「わたしの手柄ではありません。鵺党の手柄です。鵺党を率いる和気剛憲が神器を取り戻したのです。さすがは都が造営されて以来、朝廷を御守りする者たちですな。妖術めいた技を駆使する、いかにも鵺のような者たちですな」

外記の話に興味を抱いたのか、藤田の目が輝いた。

「妖術と言うと、どのような……失礼ながら外記どのが使われる気送術のような技ですかな」

「気送術とは違います。目にしたのは火炎術です。火を噴きます。それと、天に上ってゆく……」

「天に上るとは……」

藤田は興味を深めた。

「天空から一本の縄が垂らされ、それを伝って上ってゆくのです。まあ、大道芸めいた技ですが、敵をして瞠目《どうもく》させる技というよりは演出です。真に恐るべきは、鵺党の戦いぶりです」

「ほほう……」

「鵺党は敵を倒すためなら躊躇いもなく捨て駒となります。一致団結した戦いぶりは、千年の都に棲み、その間一貫して朝廷を守ってきた血筋ゆえなのかもしれませぬな」

外記の考えに藤田も納得しつつ言った。

「鵺党は水野さまに警告の矢文を送ったのですな……。ということは水野さまを敵とみなしておるのであろうか。朝廷は上知令に反対なのであろうか」

と、言ってから藤田は考え込み、

「ちょっと待てよ、確か三種の神器が盗まれた時、水野さまは京都所司代であられたはず……鵺党の和気と知り合っておっても不思議はないな」

と、考えを推し進めた。

「水野さまと和気剛憲、繋がる恐れもありますな」

「その可能性は否定できない。しかし、斉昭公ならば幕府の政に朝廷を利用することを断じてお許しにはならぬ」

藤田は断じた。

「そうでしょうな。鵺党や宗軒との争いになるかもしれませぬ。そこに水戸家中の内紛が絡むとなりますと……」

外記の危惧に、

「その通りですな。中山どの、宗軒と手を組むかもしれませぬな」

藤田も危惧した。

「引き続き、動きを見定めます」

「頼む」

藤田は言った。

「甘露屋宗軒という男、相当に食えぬご仁ではないでしょうか」

「何せ、徳川将軍家よりも長く続く呉服屋だからな。気位《きぐらい》は高かろうし、食えぬどころか甘露屋宗軒も貉かもしれぬな」

藤田は失笑した。

貉は狸の俗称であるが人を騙《だま》すことから妖怪に見立てられる。宗軒にも欺《あざむ》かれないよう用心せねば、と藤田は自身に言い聞かせるように呟いた。

「明日、雛子さまにご挨拶に行かれるとおっしゃいましたが、水戸斉昭公の御側用人たる藤田東湖さまが、いかに老舗とは申せ、商人の屋敷に足を運ばれますか」

外記は訝しんだ。

「大事の前の小事などは捨てねばならぬ。それに、宗軒と宗軒の屋敷がいかなるものか興味がある。鵺と貉の力をこの目で確かめたいのだ」

藤田は言った。

「承知致しました。では、いかがでしょう。わたしもお連れくださりませぬか。従者の一人に加えて頂きたいと存じます」

外記は申し出た。

「よかろう。そなたがついてきてくれれば、拙者も心強い」

藤田は受け入れた。

藤田が帰ってから真中から報せが届いた。至急、根津の屋敷まで来て欲しい、ということだ。

藤田には雛子のことは伏せてある。

雛子は真中に連れられ、江戸見物をしたはずだ。その真中が速やかに根津屋敷来訪を請《こ》うとは、よからぬ事が起きたと窺わせる。

外記は濡れ縁に立った。

ばつは庭木の陰にちょこんと座っている。外記の只ならぬ様子を見て、お留守番を引き受ける、といった様子であった。

「おまえは素直でよいな。鵺や貉とは無縁だ」

外記が声をかけるとばつは一声元気よく鳴いた。

半刻後、外記はお勢の家にやって来た。

夕暮れ時、稽古所に灯《あか》りが灯《とも》っている。玄関には真中が立っていた。

挨拶をしてから真中は雛子が殺されたことを告げた。

さすがに外記も冷静ではいられなかった。

「鵺党の仕業……まちがいないのか」

外記は問いかけた。

「相違ないと存じます」

町子がそう証言している、と真中は言い添えた。

「鵺党が雛子さまを殺すとは妙であるぞ。御守りするのが鵺党の役目ではないか」

「わたしにも大いなる違和感がござります」

真中に答えを求めたところで困らせるだけである。外記はうなずき、稽古所の中に入った。

雛子の亡骸の前に町子は憔悴《しょうすい》して座していた。お勢も言葉をかけられないで固まっている。外記を見るとほんのわずかほっとした表情を浮かべた。

外記は町子の前に腰を据え、悔やみの言葉を述べ立てた。言葉を受けてから町子は外記を別室へと誘った。

外記は町子の目つきからただならぬものを感じた。悲しみ、怒りに加えて決意のような色が混じっているのだ。

「では、母屋にて」

外記は町子を母屋の居間に案内した。

町子は悔しさで唇を嚙んだ。

そこへ、真中が入って来た。真中は悲壮な顔つきである。

「雛子さまを御守りできなかったこと、万死《ばんし》に値します。この上は、わたし如き者の一命にては到底償《つぐな》えぬとは存じますが……」

悲壮感漂う顔つきで、真中は切腹する旨を外記と町子に伝えた。外記は襲撃の様子を確かめた。大川で舟遊びを楽しんでいると屋形船の船頭を装った敵に襲われた経緯を真中は思い詰めた様子で話した。

生真面目な真中のこと、外記が翻意《ほんい》を促しても応じないだろう。しかし、真中を失いたくはない。優秀な闇御庭番であるし、自分の後継者と見込んだ男だ。皇女警固に失敗したのは大きな落ち度であるが、真中一人に任せた外記の責任でもある。

迂闊、油断では済まされない。

真中も雛子を守る鵺党が襲撃してくるのを警戒はしていた。屋形船から襲いかかってきた連中を撃退したが、その争いの最中に伏兵にしてやられたようだ。

雛子が襲われた後、真中は船頭に敵が何処から襲来したのか確かめたそうだ。船頭も伏兵を見ていなかった。屋形船以外から敵は襲ってこなかった、と船頭は答えたものの、船を河岸に着けるのに必死だったため、見落としたのかもしれない、と自信がなさそうであったという。

強張った表情の真中を思い留まらせようと思ったが町子を憚り、言葉を発するのが躊躇われる。しかし、止めないと真中は本当に腹を切るだろう。

焦りが募り、外記はとにかくなにか言葉をかけようと腰を浮かした。

すると外記の機先《きせん》を制するように、

「腹を切る必要はおへん」

町子が止めてくれた。

外記は内心で町子に感謝したが、亡くなった雛子に非礼だと自分を責める。

「いえ、雛子さまを御守りできなかった責めを負わねばなりません」

断固とした姿勢を貫くように真中は主張した。

「なりません」

更に、町子は引き止めの言葉を重ねた。

真中が戸惑うほどの力強い口調であった。

「罪は雛子さまを殺した者たち、だとおっしゃりたいのですな」

外記は問いかけた。

「そうです。ですが、それだけではありません。町子も役目を果たしたのです」

町子は言った。

真中は首を捻った。

気丈な町子であるが、主を目の前で殺され、その主を自分の名で呼ぶとは頭が混乱しているのかもしれない。

「言葉が足りませんね。町子は鵺党に欺かれたことの責めを負ったのです。あれは、自害《じがい》でした」

「自害とは……」

真中は困惑して問い返したが、町子が答える前に合点がいったように二度、三度うなずいた。

「鵺党が襲って来た時、わたしは奴らを一人残らず退《しりぞ》けました。過信ではないと思います。にもかかわらず、雛子さまは討たれてしまわれた。自分の落ち度を棚に上げ、一体何処から賊が襲ったのだ、と疑問を感じたものです」

「真中さんに落ち度はありませんでした。申しましたように町子は自害したのですから」

町子は言った。

混乱する真中を他所《よそ》に外記は語りかけた。

「貴女《あなた》さまこそが雛子さまでいらっしゃいますね」

「はい、雛子です」

凛《りん》とした声で町子こと雛子は答えた。

真中は目を白黒させた。

「真中どの、欺いて申し訳ありません。わたくしは町子と入れ替わっておったのです」

雛子に打ち明けられ、

「これは……」

改めて真中は平伏《へいふく》した。

「わたしも素性を明かします。元公儀御庭番、菅沼外記にござります」

外記も背筋をぴんと伸ばしてから両手をついた。

「元……」

雛子は訝しんだ。

「諸事情により御庭番を辞しました」

好奇心の強い雛子が納得するか危惧したが、幸い「諸事情」には関心を示さず、

「よくわたくしが本当の雛子だとわかりましたな」

と、外記が身代わりを見破っていたことに興味を抱いた。

「雛子さまは大変に好奇心の強いお方だと耳にしておりました。あなたさまの振る舞いはまさしく好奇なものへの関心の塊《かたまり》であられましたので、ひょっとして、と思ったのです」

外記は答えた。

横で真中がふむふむとうなずいた。

「よく見ておりますこと」

雛子は微笑んだ。

「町子どのと入れ替わったのは用心のためですか」

真中が問いかけた。

「それもありますが、江戸を勝手気儘《きまま》に動き回るにはその方がよいと思ったのです。わたくしが雛子だと素性を明かしましたなら、あなた方は気を遣うでしょう。それに雛子のま

までは……そう、江戸風の心太に文句をつけたり、やくざ者と渡り合ったり、お寿司を手摑みで食したりはできませぬ。ですが、わたくしの我儘で町子を死なせてしまいました」

雛子はため息を吐いた。

「雛子さま……あ、いや、町子どのは自害なさった、とおっしゃいましたな、何故、自らのお命を絶たれたのですか」

改めて真中は問いかけた。

「町子は鴟党の高瀬清史郎に欺かれておったのです。高瀬は役者のように男前なのをいいことに、大勢の娘を騙し、貢《みつ》がせております。町子もそんな一人であったのです」

町子は高瀬に自分と雛子の居場所を報せたのだそうだ。高瀬の目につかない所から雛子と町子を守る、という言葉にまんまと騙されたのだった。高瀬に欺かれ、雛子を守るどころか狙われてしまった責任を感じ、町子は懐剣《かいけん》で咽喉《のど》を突き、自害したのだった。

「止める間もありまへんどした」

雛子は面を伏せた。

外記と真中は黙り込んだ。

深い息を吐いてから雛子は顔を上げ、「大丈夫です」と呟いた。

「鴟党の仕業とおっしゃられましたな」

真中は確かめた。

「そうです」

雛子は短く答えた。

「鵺党は雛子さまを御守りするのが役目なのではないですか」

真中の疑問に、

「鵺党はわたくしを守るのではなく、朝廷、天子さまを御守りするのが役目です」

「雛子さまは皇女であられるではありませんか」

「その皇女が天子さまや朝廷にとって邪魔になったとしたら……」

雛子は言葉を止めた。

「どうして、邪魔なのですか」

真中は絶句した。

「わかりません。何やら、政で大きな争いがあるのでしょう」

冷めた表情となった雛子の横顔は深い悲しみと困惑に彩られている。

「ならば、宗軒の屋敷には……」

真中は言葉を止めた。

「戻れませぬ。このまま、町子の遺骨を持って都に戻ります」

「雛子さま、必ず御守り致しますので、我らに御身をお預けくださりませぬか」

外記の申し出を、

「それでは、ご迷惑をおかけしてしまいます」

と雛子は遠慮した。

「どうか、お任せくだされ。町子どののためにも」

外記は言い、真中も両手をついた。しばし思案の後、

「わかりました。お任せします。ですが、そうなりますと鵺党と争うことになりますぞ」

外記の覚悟を雛子は確かめた。

「承知の上でござります」

一瞬の迷いもなく外記は答えた。

「菅沼外記どのならば、あの者たちを退治できるかもしれませぬな」

「退治……」

外記は躊躇った。

朝廷を守る者たちとの戦いなど、許されるのだろうか。

すると、雛子は外記の心中を察したように言葉を添えた。

「鵺党は朝廷を守る者たちにあらず……朝廷に寄生《きせい》する者たちや」

嫌悪感を滲ませ雛子は言った。

「寄生するとは……」

真中は目をぱちぱちとさせた。

「言葉通りの意味です。鵺党は元来は朝廷を御守りする者たちであった。それが、応仁の乱の少し前から時の武将と結びつくようになったのです」

雛子は言った。

そのきっかけとなったのは、南朝の再興をはかった南朝の二代目自天王《じてんのう》暗殺である。大和国吉野《よしの》の山に行在所《あんざいしょ》を構えていた自天王を有力守護であった赤松《あかまつ》家の遺臣たちが暗殺した。長禄《ちょうろく》元年（一四五七）のことである。

これより十六年前の嘉吉《かきつ》元年（一四四一）、赤松家当主満祐《みつすけ》は、「万人恐怖」と恐れられ、専横《せんおう》を極めた足利六代将軍義教《よしのり》を自邸に招き暗殺した。そのため赤松家は幕府軍に討伐され、御家は滅んだ。

その赤松家の遺臣に対し、足利幕府は御家再興を餌に自天王暗殺を命じたのである。自天王の行在所は吉野の山深い地にあり、赤松家遺臣は精々三十人、ろくな装備もないとあって、鵺党が手助けをしたのだった。

鵺党は赤松家遺臣を先導し、山間の難所をいともたやすく踏破《とうは》して、自天王討ち取りに貢献した。

「血塗られた歴史、鵺党はそれ以来、有力な武家と結びつくことで勢力を伸ばしてきたのです」

雛子は言った。

「なんという……」

真中は衝撃を受けたようだ。

「鵺の如き妖怪の一党ゆえ、いつしか鵺党と呼ばれるようになったのです」

忌々《いまいま》しそうに雛子は首を左右に振った。

「朝廷に寄生する者たち、いつしか手を切らなければならないのです。そのためにはこちらも武家の力を借りなければなりません。実に悲しいことです」

雛子は目を伏せた。

「その武家とは水戸中納言さまですか」

外記は問いかけた。

「さようです。しかし、水戸家は必ずしも一枚岩ではないと耳にしております」

雛子は冷静だ。

「中山どのですな。すると、その水戸家の内紛ゆえに、水戸家に頼り切るわけにはいかない、とお考えなのですな」

外記は聞いた。

「その通りです」

雛子は認めた。

「しかし、中納言さまは尊王心の篤いお方であります」

外記は言葉を添えた。

「そのようですね」

雛子は慎重だ。

「わたしを信じてください」

外記は強い口調で訴えた。

「水戸中納言さまと繋がりがあるのですか」

「水戸さまよりご依頼を受けております」

「それは……どのような……」

「上知令です」

外記は言った。

「やはり」

雛子は得心したように首を縦に振った。

三

外記は藤田と共に宗軒の屋敷へとやって来た。というより、藤田の供侍《ともざむらい》の一人に加わっているのだ。

宗軒は下へも置かない歓待ぶりであった。藤田たちに屋敷内を案内し、金の鳳凰像を頂いた切妻屋根の離れ座敷も見学させた。

外記もギロチンに関しては興味深く見学し、竜宮城を模した夏座敷の悪趣味を嫌悪してから小用だと偽《いつわ》り、屋敷内を探り始めた。

「それで、水戸家としては上知令には反対だ」

きっぱりと藤田は言った。

「さようでござりますか」

宗軒はにこにこと微笑む。

「ついては、水戸家としましても今以上に朝廷をご支援したい」

「承知致しました」

慇懃に宗軒は頭を下げた。

「ところで、雛子さまにご挨拶をしたいのだが」

藤田の申し出に、

「それはいかがでしょうな」

宗軒は表情を変えずやんわりと断った。

「身分が違うと申したいか」

「そうではなく、風邪を召されておいでなのです」

宗軒はやや暗い顔をした。

「それはいかぬ。くれぐれもお大事に、とお伝えくだされ」

藤田が言うと宗軒は再び慇懃に頭を下げた。

「では、かねてよりお誘い申し上げておる水戸家へのご来訪につき、日取りを決めたいのだが……」

「『大日本史』編纂に関することでしたな」

「いかにも。雛子さまに当家の尊王心をお見せしたいと存ずる」

藤田は時期を明確にしようとしたが、

「さて、雛子さまのお身体の加減次第でございます」

もっともらしいことを宗軒は繰り返した。


外記は雛子が逗留しているとされる奥御殿へと向かった。

渡り廊下で繋がれた御堂のような建物の側に進む。女中たちが膳を運んでいる。どうやら、雛子がここにちゃんといると宗軒は見せかけているようだ。

「雛子さま、お召し上がりになってくれないわ」

「江戸の味がお口に合わないのね」

「お風邪ということだけど」

女中たちのやり取りが耳に入ってきた。風邪で寝込んでいるため、食事にあまり手をつけない、ということで家の者らにも宗軒は通しているのだろう。

外記は御堂の更に奥に向かった。すると神社があった。とてつもない殺気が伝わってくる。

鵺党の巣窟《そうくつ》と想像できる。

神社の社務所がある。

外記は社務所の近くへと向かった。

社務所でのやり取りに耳をすます。

声の主は和気と水戸家附家老中山信守だ。

鵜党は水戸斉昭の獅子身中《しししんちゅう》の虫と結託していたようだ。

「雛子さまのお命を奪ったとは……」

中山は困惑している。

「非常手段であった。奔放な姫さまゆえ、何をしでかすかわからぬからな」

淡々と和気は言った。

「それにしても……そんなことをしてただで済むと思うのでござるか」

中山の危惧に、

「なに、心配はない。雛子さまはこの屋敷に逗留中に病にてお亡くなりになった、ことにする。畏れ多くも帝の皇女が江戸市中を勝手気儘に徘徊《はいかい》するなど、あり得ぬことであるからな」

意にも介さないように和気は語る。

「まあ、いずれにしても水戸家とは関わりのないことじゃ」

中山は言った。

「ところが、じゃ」

和気はにんまりとした。

「何じゃ」

中山の声には戸惑いが感じられる。

「雛子さまのお命までは奪うつもりはなかった。思いもかけず、侍女が命を落としたようじゃが、雛子さまはご無事じゃ」

「そ、そうなのか……まあ、安堵したが。では、何のために白昼堂々と襲いかかったのじゃ」

「水戸中納言さまが雛子さまを攫った、と鳥居耀蔵に見せかけるためじゃ。都合よく、雛子さまは中納言さまが雇った菅沼外記配下の者たちによって匿われておる」

「そうか……舟遊びの最中を襲った、と申したな、なるほど目撃した者も多かろう。騒ぎとなって町方が事情を探索するであろうな。よもや、鵺党の仕業だとばれはしなかろうな」

新たな危惧を中山は抱いた。

「多少の騒ぎにはなるだろうが、なに、町方の役人は結び付けたりはしないだろう」

和気の見通しに、

「そうかもしれぬが……」

中山の不安は消えそうにない。

「大丈夫じゃ。町方の調べが済んだ頃に、鳥居に鴆党の仕業ではない、と囁いておく。鳥居であれば水戸中納言さまが雛子さまを襲った、と決めつける。その方が鳥居にも水野にも都合がよいからな」

和気は中山の心配を打ち消した。

すると、若侍が入って来た。公家のような風貌の侍である。

「高瀬清史郎、参上致しました」

高瀬は中山に挨拶をした。

和気が高瀬を紹介した。中納言飛鳥小路《あすかこうじ》家に奉公する青侍である、と聞き、中山は安堵の表情を浮かべた。

「鴆党に加わっておる」

和気は言った。

「これは、目元涼やかなご仁であるな。さぞや、女性の評判を得ることでござろう」

気分が晴れたのか中山は軽口を叩いた。

「いかにも、この男、女たらしで困ります」

和気は下卑た笑いを放った。

「お頭《かしら》、ご勘弁を」

やんわりと高瀬は返した。

「して……」

和気は表情を引き締めた。

「やはり、死んだのは町子の方でした」

高瀬は言った。

「それは幸いであった。その方から襲撃の様子を聞かされ、雛子さまがお命を落としたのではない、とは思っておったが、ちゃんとした報告を耳にするとまずは安堵じゃな」

淡々と和気は述べ立てた。

言い訳ですが、と高瀬は続けた。

高瀬によると町子は高瀬に懸想していた。それを高瀬は利用して、雛子の行方を町子に逐一報告させていたのだった。

「高瀬、ようわからん。その辺のところを話してくれ」

中山の疑問は外記が抱いている疑念でもあった。

町子は困っていた。雛子がどうしても江戸市中をお忍びで見物したい、と言い張った。

そこで、町子と入れ替わることでお忍びで見物をすることになった。それは、高瀬の提案であった。

「それがし、町子どのに言ったのです。我ら鵺党が密かに御守りするから、雛子さまの江戸散策の望みをかなえて差し上げてはどうか、と」

高瀬の話を聞き、和気は、

「うまいことを言いおって。それで、雛子さまの所在を掴んでおったのじゃな」

「そうです。しかし、肝心なところで町子どのに……」

高瀬は苦々しい顔をした。

「雛子さまと町子どのを守っておった浪人は菅沼外記配下の者に相違あるまいな。中々の腕であったそうではないか」

中山が言った。

「素性はわかりませぬ。相当な腕であること、それから、奇妙な技を使いました」

高瀬は言葉を区切った。

「ほほう」

中山は興味を示した。

「妖術めいた技でして……」

高瀬は立ち上がり右手を前方に翳《かざ》した。次いで、引いて突き出す。

「こうしただけで、相手は後方に吹き飛んでしまったのです」

高瀬は奥山の盛り場で目撃したやくざ者数人が吹っ飛んだ様を語った。

「それは……」

中山が目をむくと高瀬と和気は見交わして同時に、

「気送術」

と、言った。

「気送術、おおそうじゃ。菅沼外記が使う技ではないか」

中山は言った。

「中山どのも菅沼外記をご存じですか」

和気の問いかけに、

「菅沼外記に上知令探索を頼んだ」

苦々しそうに中山は言った。

「いかがなされましたか。ご不満そうですが……」

高瀬は訝しんだ。

「わしより先に斉昭公に雇われたのだ。わしよりも斉昭公の犬になっておる」

渋面《じゅうめん》のまま中山は返した。

「菅沼外記は敵に回ったのか。厄介なことになった。ま、それはよいとして、気送術を使ったということはその浪人、菅沼外記の愛弟子《まなでし》であろうな」

和気の推測に、

「その可能性は大きいと思います」

高瀬は賛同した。

「やはり、雛子さまは菅沼外記が守っておると見て間違いなし」

和気は言った。

「菅沼外記の居所を探ります」

高瀬は言った。

「雛子さまを斉昭公に渡してはならぬぞ」

中山は釘を刺した。

「お任せあれ」

和気は自信ありげに請け合った。中山はくれぐれも頼む、と念押しをしてから社務所を出て行った。

中山が居なくなってから、

「とにもかくにも雛子さまを水戸斉昭に渡してはならぬ、よいな」

強い口調で和気は高瀬に言った。

「抜かりはありませぬ」

今度は高瀬が自信を示した。

外記は表情を引き締めた。

鵺党、恐るべし。

目的のためには守るべきはずの皇女も道具とするとは……。

四

母屋の座敷では、藤田と宗軒が面談を続けている。

藤田は宗軒に言った。

「斉昭公の尊王心は朝廷も承知のこと。今上の帝は吉子女王さまが水戸家に嫁ぐのをお喜びになられた、と漏れ承っておる。よって、宗軒どのも水戸家にお味方くださるのがよいのではござらぬか」

「手前もそのことはよくよく存じております。もちろん、禁裏においても」

意味深な笑みを浮かべ宗軒は言葉を止めた。

「どうしたのだ」

藤田は嫌な顔をした。

「藤田さまがお相手ですからな。手前も腹を割ります。実は御老中水野越前守さまよりも手厚い申し出があったのです」

宗軒は言った。

「ほう」

「水戸さま、幕府に対抗できますか」

挑発的な物言いを宗軒はした。

藤田は顔をしかめた。

「ご機嫌を損じたようですが。こういうことははっきりと申した方がよいのでは、と思いまして、述べさせてもらいました」

宗軒は抜け抜けといった。

「いかにも、幕府に逆らうつもりも対抗する気持ちもない。水戸家は将軍家を支える家柄である。それは神君家康公以来の厳然たる事実である」

「よくおわかりになったようで。では、今回のことは水野さまのご意向に添う、ということでよろしいのですな」

宗軒に確かめられ、

「まて」

藤田はにんまりとした。

宗軒はおやっとなる。

「水戸家は将軍家、幕府と共にある。じゃが、水野さまは」

藤田は言った。

「それは……」

どういう意味ですかと宗軒は問うた。

「水野越前守は幕府の老中、つまり、大名家で申せば家老に過ぎぬ。徳川宗家という天下一の大大名の家老であって、日本の宰相《さいしょう》ではない。宰相は天子さまより大政を委任されておる征夷大将軍である」

藤田は家老すなわち水野忠邦は絶対の存在ではなく、幕府を代表する者でもない、という考えを匂わせた。

宗軒は無言でうなずいた。

水戸斉昭との政争で水野が敗れた場合、禁裏、公家衆への加増、甘露屋の上納金免除は空手形となる。水野が失脚すれば上知令ばかりか印旛沼干拓も中止される。禁裏、公家衆への加増も実施されないが上納金を課されることもない。

水野か水戸斉昭か、いずれが勝っても宗軒の腹は痛まない。

この上は双方からむしり取ってやるか。

朝廷を動かすため、女官と有力公家への賂を要求してやろう。もちろん、口利き料もたんまりと頂戴する。

胸の内で宗軒は算盤玉を盛大に弾いた。

第四章　鵺の暗躍

一

十五日の朝、外記は雛子を案内して浅草田圃《たんぼ》にある浄土宗《じょうどしゅう》の寺院、観生寺《かんしょうじ》へとやって来た。

江戸市中を散策する際には、外記は小間物問屋相州屋《そうしゅうや》の隠居、重吉《じゅうきち》となる。地味な小袖に絽の袖なし羽織を重ね、宗匠頭巾《そうしょうずきん》、顎には白い付け鬚だ。背中をやや曲げ、杖《つえ》をつきながら歩く姿は、誰が見ても商家のご隠居さんである。

それを見た雛子が、

「さすがは公儀御庭番やな。いやあ、ほんまのご隠居さんにしか見えへんわ」

などと道々感嘆の言葉を発した。

外記はくれぐれも観生寺のみなには内緒にしてください、と念押しをした。

「わかってます。ええ芝居しますから、安心してください。わたしは、相州屋さんと商いをしている都の小間物問屋の娘、商いがてら江戸見物に来た、ということですね」

「お願い致します」

外記はお辞儀をした。

「ほんなら、店の名前はどないしよう……そうや、雛屋《ひなや》でええか。その方が間違えんやろうし」

雛子に任せた。

「それと、観生寺に世話になる理由ですが……」

外記が思案をすると、

「親の目を盗んで何日か江戸の暮らしをしてみたいって、わたしの我儘を重吉さんが聞いてくれた、ということでは」

雛子の境遇に重なった言い訳である。

「承知しました。それでいきましょう」

外記も納得したところで、観生寺の山門にやって来た。

蜩《ひぐらし》の鳴き声が盛んな境内で子供たちが遊んでいる。観生寺は手習い所でもあった。手習い所を主宰《しゅさい》するのは美佐江《みさえ》という婦人だ。松の木陰で美佐江は子供たちと共に独楽《こま》回しをやっていた。

丸髷《まるまげ》に結った髪には外記が贈った朱色の玉簪を挿し、黄八丈《きはちじよう》の小袖に薄い紅色の袴が目に鮮やかだ。

美佐江は蘭学者《らんがくしや》山口《やまぐち》俊洋《しゆんよう》の妻である。夫俊洋は四年前の天保十年（一八三九）、当時目付であった鳥居耀蔵が蘭学者を摘発した蛮社《ばんしや》の獄《ごく》に連座し、小伝馬町《こでんまちよう》の牢《ろう》屋敷に入れられている。美佐江は俊洋の帰還を信じ、子供たちに手習いを教えていた。

入道雲《にゆうどうぐも》がわが物顔で横たわった青空に子供たちの笑い声が吸い込まれてゆく。外記の心は洗われる思いだ。目の端に映る雛子も穏やかな微笑みをたたえ、子供たちに見入っていた。

子供が好きなのだと外記はほっとする。

美佐江と共に子供たちと遊んでいる娘がいる。可憐《かれん》で美しい歌声の娘、ホンファといい、わけあって香港《ホンコン》から渡来した。旅芸人一座に加わっていたが、陰謀に巻き込まれ、外記に助けられた。日本に身よりのないホンファを外記は美佐江に預けたのだ。

美佐江が外記に気づき、お辞儀をした。外記は雛子を連れ、美佐江に歩み寄った。

「美佐江どの、本日は頼みがあって参りました」

外記はちらっと雛子を見た。

雛子は美佐江に黙礼《もくれい》をした。美佐江も黙礼を返す。打ち合わせ通りに外記は雛子を紹介し、

「勝手なお願いなのですが、何日かこちらでお世話をして頂きたいのです。雛屋さんのご隠居さんとは懇意な間柄、都で流行りの小間物を仕入れさせてもらっておるのです」

外記の頼みを聞き、

「ご隠居さんのお願いを断れませんわ」

快く美佐江は引き受けてくれた。

雛子も礼を言い、

「父はうるさい人ですので、その目を盗んで江戸の暮らしを味わいたいのです。我儘ですみません。その代わり、子供たちの手習いを手伝ったり、お掃除《そうじ》や台所仕事もやらせてもらいます。どうぞ、よろしゅうに」

と、雛子らしいはきはきとした物言いで頼んだ。

「お気遣いありがとうございます。わたくしは構わないのですが、お父上が心配なさるのではありませぬか」

という美佐江の心配を、

「大丈夫です。都でも父に無断で出歩いていますから。一月《ひとつき》も二月《ふた》も留守にしたら心配す

るでしょうけど」

雛子はけろりと返した。

「お転婆《てんば》なお嬢さんですが、ひとつよろしくお願い致します」

改めて外記は美佐江に頼んだ。

わかりました、と美佐江は返して、

「子供たちに都の話など、お聞かせください」

雛子に語りかけた。

「お任せください」

雛子は胸を張った。

美佐江や子供たちと溶け込めそうだ、と外記はほっと安堵した。しばらく観生寺に匿ってもらうとしても安全を考えれば、水戸家の庇護下に入るべきだ。

外記は藤田東湖に文をしたため、雛子を水戸藩邸で保護して貰えるよう頼むことにした。斉昭は雛子を歓迎するはずだ。


その頃、高瀬は根津権現近くの武家屋敷街へとやって来た。菅沼外記が御家人青山重蔵を名乗っていた頃に住んでいた屋敷の場所を聞いてきた。

屋敷の外から様子を窺う。

冠木門を入ってすぐ左手には常磐津の指南所《しなんじょ》があった。しかし、稽古はされていないようだ。奢侈禁止令の影響なのだろう、と高瀬は見当をつけた。

高瀬は冠木門を潜り、稽古所の格子戸を叩いた。

お勢は稽古所の掃除をしていた。手拭を姉さん被りにして叩《はた》きを掛けている。雛子は観生寺に移り、稽古所は無人に戻った。奢侈禁止令が続いているとあって当分の間、稽古は再開できない。

それはわかっているのだが、いつ再開してもいいように掃除を怠ることはない。それでも、がらんとした稽古所がきれいになればなるほど、虚《むな》しさを覚えてしまう。

叩きを掛け終え、ため息を吐くとお勢は三味線を爪弾《つまび》いた。ごく自然に小唄も口をついて出る。三味線を奏《かな》で、喉を披露していると気が紛《まぎ》れてくる。調子が上がったところで水を差すように格子戸を叩く音が聞こえた。

三味線を置き、

「はあ〜い」

と、答えてからお勢は玄関に向かった。

格子戸を開けると、若い侍が立っている。すらりとした体軀《たいく》、菅笠《すげがさ》を被り鮮やかな萌黄色の小袖に空色の袴、いかにも涼しげだ。小袖は木綿ではなく絹のようだった。

贅沢華美を取り締まる江戸にあっては異彩を放っていた。取り締まりの先兵となっている鳥居の南町奉行所は侍には関わらないが、元来侍は質素倹約、質実剛健を旨とする暮しを送るべきであるとされている。

江戸にあって若侍は浮いていた。それだけでも何者なのかと興味をそそられる。武張った様子はなく、どことなく品格を漂わせていた。

若侍は菅笠を脱いだ。

派手な色合いの着物がよく似合う男前だ。着物と相まって役者のようである。

「いや、常磐津指南の看板を見かけて、声をかけてみたのやが……」

柔らかな上方訛りが感じられる。がらんとした稽古所に若侍は戸惑っているようだ。

「それが……ご存じのように奢侈禁止令のお触《ふ》れが出ておりまして、稽古は休んでおるのです」

すみません、とお勢は謝った。

「そら残念やなあ。いや、江戸は贅沢華美の取り締まりが厳しい、と聞いておりましたんやが、三味線と美しい歌声が聞こえたので、ひょっとして稽古が行われているのか、と淡い期待を抱いたのや」

残念という言葉通り若侍は小さくため息を吐いた。

「それは申し訳ございません」

お勢は重ねて詫びた。

「……ほんでもここは武家屋敷ではないか。町方は足を踏み入れんのやないか」

屋敷内を見回してから若侍は高瀬と申すと名乗った。

下級武家の暮らしは楽ではなく、屋敷内の一部を貸す者は珍しくなかった。八丁堀は南北町奉行所の与力《よりき》、同心の組屋敷街で治安がいいということから、屋敷内を賃借して医者とか稽古所を営んでいる者が多い。

「御奉行所の屋敷への立ち入りはないにしましても、稽古所に通ってくださる町人の皆さまは咎められますので、みなさんに累が及んではいけませんからね」

お勢の説明を聞き、

「なるほど、それはその通りですな。ならば、残念ですが、これにて失礼を致します。お邪魔してすまなかった」

と、高瀬は一旦背中を向けようとしたが、

「勝手な頼みだが、少し三味線を聞かせてはもらえないか」

立ち止まって笑みを送ってきた。匂い立つような笑顔だ。

「喜んで」

お勢は高瀬を稽古所に上げた。

人気のない稽古所の真ん中に座すと高瀬は目を瞑《つぶ》り、お勢の三味線と歌声に耳を傾けた。

気分よくお勢は三味線を弾き、小唄を口ずさむ。

うっとりと聞き入っていた後、お勢が歌い終えると高瀬はそっと両目を開けた。

「見事や」

上方訛りで感に堪えないといった声音を絞り出した。

「お上手だこと。高瀬さまは大坂のお方ですか」

お勢は冷たい麦湯を用意します、と立ち上がった。

「京の都です」

高瀬は答えた。

それ以上は問わずにいると、

「飛鳥小路中納言さまに仕える青侍です」

と、飛鳥小路の用事で江戸にやって来たと言い添える。

その時、格子戸が開き、

「ちは〜」

と、玄関で義助の声がした。

程なくして義助が顔を出した。

二

「姐さん、台所に……」

鱸《すずき》のいいのが入ったから台所に届けた、と言おうとして義助は言葉を止めた。見知らぬ侍がお勢と親しそうに語らっている。萌黄色の小袖に空色の袴、このところ見かけない野暮な形だが涼し気な風貌ゆえ、不快な気はしない。

一体、何者だろうと訝しむと、

「都からいらした高瀬さまよ。常磐津指南の看板を御覧になって、訪ねてくださったの」

お勢は義助に高瀬を紹介してから高瀬には出入りしてくれている魚屋さんだと教えた。

「義助っていいます」

額の捩《ねじ》り鉢巻きを取り、義助はぺこりと頭を下げた。

高瀬は黙礼を返し、

「青侍の高瀬清史郎、江戸の風情を味わいたいと思った次第。江戸の棒手振りさんと会えて、得した気分や。都と違って、威勢がええなあ」

と、はんなりとした京ことばを交えて挨拶をしてくれた。

「そうですか、都から……この暑い中、ご苦労さまなこって」

「都は江戸より暑い。江戸は海が見られ、気分が晴れるよってに過ごしやすいな」

高瀬は笑みを深めた。

「そりゃよかったですね。じゃあ、あっしはこれで」

義助はお勢と高瀬に一礼して足早に立ち去った。

お勢は控えの間にある茶簞笥から麦湯と煎餅《せんべい》を持って来た。

「公家の暮らしは楽ではない。官位は高いが家禄《かろく》は低いのでな。大納言や中納言や、と威張ってみたところで、徳川御三家どころかこちらと変わらんわび住まい……あ、いや、これは失礼した」

失言だと高瀬は頭を下げた。

気になさらないでください、とお勢は返した。涼やかな風貌、柔らかな声の響きゆえか、嫌な気にはならない。

「公家も屋敷の中を貸しておる者が珍しくはない。中には博徒《ばくと》に開帳《かいちょう》させて寺銭《てらせん》を巻き上げておる者もいるのや」

「お公家さんでも……お行儀の悪いお方がいらっしゃるのですね」

お勢はくすりと笑った。

「公家は表と裏があるのが珍しくはない。ま、千年以上も京の都に棲みついておるのやから、狡猾《こうかつ》な知恵を代々、受け継いでおりますわな」

ほほほほ、と高瀬は扇子で口を覆い、公家の笑う真似をした。思わず、お勢は噴き出してしまった。

「ちょっと、よろしいか」

高瀬は三味線に視線を向けた。

「どうぞ」

お勢は三味線と撥を高瀬に渡した。高瀬は撥で三味線を鳴らし、何度か発声を繰り返しながら、やがて歌い始めた。

三味線といい、張りと伸びのある歌声といい、我知らず引き込まれてしまう。

「素晴らしいですね」

お勢は諸手《もろて》を挙げて賞賛した。

「お聞き苦しかったのと違いますか」

高瀬は謙遜《けんそん》した。

「あたしは嘘を吐けないのです。ですから、お金持ちの門人もいませんけどね」

お勢は言った。

稽古所を繁盛させるには、金持ちの旦那を獲得するのが早道だ。世辞、愛嬌も芸の内なのである。

「お勢さんらしい気がするな」

高瀬は言った。

「ほんと、いけませんね」

お勢は自嘲気味な笑みを漏らした。

「そうだ、わたしを弟子にしてもらえませぬか」

改まった様子で高瀬は申し入れた。

「あたしがお教えするなんておこがましいですよ。高瀬さまは、お上手ですもの」

心底からお勢は言った。

「大した技量ではない、と言うと皮肉かな。三味線を披露しておいて弟子になりたいとは失礼でしたかな。ならば、こちらに来て、三味線を弾いてよろしいか。江戸におる間だけです」

　高瀬の重ねての申し出を、

「それは……」

　断る気がしない。

　無人の稽古所の寂しさを感じていたところだし、高瀬という男に好印象を抱いた。決して恋心などというものではない、と思う。

「どうか、お願いや」

　高瀬は笑みを深めた。

「わかりました。いつでも、いらしてください」

　お勢が承知をすると、

「おおきに」

　はんなりとした上方言葉で高瀬は応じた。

　お勢も何だか気分がよくなった。

「お一人でお住まいですか」

　高瀬に問われ、

「父が時折、訪ねてきます」

ためらわずお勢は答えた。

「と、おっしゃると……」

「少し離れた所に住んでいるのです」

詮索されると面倒だと思ったが、

「そうですか」

幸い高瀬は、それ以上は立ち入らなかった。

「では、よろしくお願い致します」

慇懃に頭を下げてから高瀬は腰を上げた。

出て行こうとしたところで小峰春風がやって来た。春風は高瀬とすれ違い、軽く頭を下げた。高瀬も黙礼を返す。

高瀬は去って行った。

春風が何者かと目で問いかけた。

お勢は高瀬が公家の青侍であること、江戸に滞在している間、お勢の稽古所に通いたいと望んできて受け入れたことを語った。

「都の青侍か……」

春風は首を捻った。

「どうしたの……」

今度はお勢が首を傾げる。

「いえ、その、あの公家侍、何処かで会ったような」

春風は首を捻った。

「何処で」

お勢に問われ、

「ええっと……ああ、いかん、近頃、どうも呆《ぼ》けてしまっておりますな」

春風は顎鬚を引っ張った。

「その内、思い出したら教えて」

お勢は返してから、

「雛子さま、どう……」

「非常に活発なお方ですのでな、すぐにも子供たちと溶け込んで、子供たちの相手になっておりますな」

春風はよかった、と繰り返した。

「そう、それはよかったわね。ともかく、平穏に過ごしてもらわないとね。ああ、そうだ」

お勢は雛子が忘れていった簪を見せた。

朝顔を模った花簪である。都では舞妓《まいこ》が挿している、と雛子は言っていた。

「わかりました。わたしが届けましょう」

「すまないわね」

「なに、雛子さまに所望されて絵を描く約束をしておりますのでな、丁度よいですな」

春風の厚意を、

「じゃあ、お願い」

お勢は受け入れた。

高瀬は春風の顔を知っていた。

甘露屋の屋敷で見かけた絵師だ。もう一人村山庵斎という俳諧師も一緒だった。

よし、春風を尾行しよう。

高瀬は春風を待ち構えた。

程なくして春風がお勢の稽古所から出て来た。

高瀬は距離を置き、春風を尾行し始めた。

春風は一路、浅草方面へと歩を進めてゆく。

観生寺への道々、お勢の稽古所にいた若侍が気にかかる。どこかで見かけたはずが、思い出せない。不思議なもので、考えれば考えるほど、記憶が曖昧になってゆく。

気持ちを切り替えようと、懐中から朝顔を模った花簪を取り出して頭上に翳した。

日輪に簪が煌めき、涼風に吹かれたような気がした。

すると、女たちの嬌声が脳裏に蘇った。

「清史郎さま、手の鳴る方へ！」

「清さま～こちら」

目隠しをした若侍と娘たちが鬼ごっこに興じていた。

間違いない。

目隠しをしていたため、素顔を見ておらず、すぐには気づかなかったが、若侍は高瀬清史郎に違いない。高瀬はお勢に近づいている。高瀬が何者なのかはわからないが、お勢の稽古所に現れたのは偶然ではあるまい。甘露屋の依頼なのだろうか。

後日、お勢に注意するよう伝えよう。

四半刻後、春風は観生寺にやって来た。

雛子は本堂で美佐江を手伝い手習いを指導していた。春風に気づくと、手習いは美佐江に任せてゆっくりとこちらに歩いて来た。

「早速、子供たちと打ち解けておられますな」

春風は語りかけた。

「子供の笑顔を見ると、ほんまに心が和みますわ」

言葉通りに目を細め、雛子は子供たちを見やった。

「そう、そう、これ、お勢さんから預かってきましたぞ。根津の稽古所にお忘れでしたぞ」

春風は朝顔の花簪を手渡した。

「ああよかった。落としてもうたんやと諦めてましたのや」

破顔し、雛子は礼を言った。

「よくお似合いですな」

世辞ではなく春風は言った。

雛子は簪を髪に挿し、

「絵に描いておくれやす」

雛子の頼みを春風は快く引き受けて描こうとしたが、

「気取らないで普段のわたしを描いて欲しいのですわ」

雛子は再び、子供たちが手習いする場に戻っていった。春風も納得し、子供たちと共にある雛子を描き始めた。

美佐江やホンファと一緒に絵に描いていった。みなの笑顔や明るい語らいを目の当たりにし、春風の筆は軽やかだ。

すると、子供たちが雛子の花簪を珍しがった。

雛子は簪を抜いて子供たちに見せる。

「都の舞妓さんが挿しているのや。舞妓さんはな、時節ごとの花を模った簪で髪を飾るのや。正月は松竹梅《しょうちくばい》、如月《きさらぎ》は梅、弥生《やよい》は菜の花や水仙《すいせん》、卯月《うづき》は桜、皐月《さつき》は菖蒲《あやめ》や藤という具合にな」

雛子の話に子供たちは聞き入った。子供たちは京の都の珍しい話に興味津々となった。

それを確かめ、雛子は都について語り続けた。

「江戸の町を走る通りはお城を中心に道幅はばらばらで曲がりくねったりしているわな。都の道は碁盤《ごばん》の目のようなんや」

子供たちが使っている天神机《てんじんづくえ》の一つに向かうと雛子は紙に筆で京都の町を縦横に走る道を書き記していった。一枚では小さくわかりにくかろうと、四枚を使った。子供たちは真剣な眼差しで見守っている。

やがて、書き終えると雛子は四枚を畳に置き、繋ぎ合わせた。

縦横に走る線を指差して、

「横の通り、縦の通り、各々《おのおの》に名前がついているのや。横、つまり東西の通りは……」

雛子は丸太町《まるたまち》通り、竹屋町《たけやまち》通り、夷川《えびすがわ》通り、と通りの名前を順に告げながら指差してゆき、最も南まで至ったところで、

「九条大路《くじょうおおじ》で留《とど》めさす、や」

と、話を締め括った。

興味深そうな子供たちだが、きょとんとしている者もいる。

「九条大路の近くには東寺《とうじ》いうお寺があってな、都が出来た時に都を御守りするために建立《こんりゅう》されたお寺はんや。今はなくなったけど、平安の都の正面には羅城門《らじょうもん》があってな、その羅城門の東に建っていたのや。都の一番南にあるから、東寺のことも数え歌に歌われているのや」

雛子は通りの名前を覚える数え歌を歌い始めた。

「まるたけえびすにおしおいけ〜あねさんろっかくたこにしき、しあやぶったかまつまんごじょう、せったちゃらちゃらうおのたな、ろくじょうひっちょうとおりすぎ、はっちょ

うこえればとうじみち、くじょうおおじでとどめさす……」
雛子らしい陽気な歌声で歌い終えた。
子供たちも歌いたがった。
雛子は少しずつ口伝えに教える。
声を揃え、子供たちは歌い出した。
何時の間にか、春風も身体を揺らし、手拍子を打っていた。
高瀬は境内を散策するふりをして本堂に雛子がいることを確かめた。
「やはりか」
高瀬はほくそ笑んだ。
ともかく、和気に報告すべきだ。
高瀬ははやる気持ちを抑えながら観生寺を出た。

三

品川の甘露屋屋敷の一室で高瀬と和気は密談に及んだ。

「雛子さまのお命を奪いますか。斉昭公の手に落ちれば厄介なことになりますぞ。水戸斉昭公の側用人、藤田東湖が宗軒どのに水野越前は徳川宗家の家老に過ぎない、と申したとか。斉昭公ならば、上知令に朝廷が反対した、となれば水野の失政を咎め、老中の座から引きずり下ろすでしょう。雛子さまの存在は大きな火種ですぞ」

高瀬は意気込んだ。

「まあ、そう逸《はや》るな。ここはひとつ、工夫を凝らすべきだ」

和気は宥《なだ》める。

「と、おっしゃいますと」

高瀬は目を凝らした。

「鳥居を利用するのだ」

「妖怪奉行どのを」

高瀬はにんまりとした。

「鳥居に菅沼外記を絡ませる」

「それは、ますます面白くなりますな」

「うまいこと絵を描け。妖怪奉行を陥れるまではしなくともよいが、大恥をかかせるくらいはな……それに加えて水戸斉昭との関係をより一層悪化させせよ。さすれば、幕府は割れる」

愉快《ゆかい》そうに和気は命じた。

「そうですな」

高瀬は思案した後、

「では、妖怪奉行どのを訪ねましょう」

うれしそうに笑った。

その足で高瀬は南町奉行所に鳥居耀蔵を訪ねた。

奉行役宅《やくたく》の居間に通される。

鳥居は警戒の眼差しを向けてきた。宗軒の紹介状を見ながら、

「高瀬どの、でござるか」

と、言った。

高瀬は静かに見返す。

「して、本日の御用の向きは」

いかにも自分は多忙なのだと鳥居は言いたげである。

「まずは、先だって大川で騒ぎがござりましたそうで」

高瀬は切り出した。

「船頭に扮《ふん》した不逞《ふてい》の輩《やから》が舟遊びをする屋根船を襲い、金品を狙わんとした騒ぎであった、と報告を受けた」

それがどうしたと鳥居は目で聞いてきた。

「あれは、単なるもの盗り騒動ではないですな」

高瀬は思わせぶりに笑みを浮かべた。

「ほう、と申されると一体何があったと」

鳥居は興味を示した。

「実はあの船には皇女、雛子さまが乗っておられたのです」

高瀬の言葉を受け、鳥居の目がどす黒く淀んだ。

「雛子さまは、お忍びで江戸見物をなさっておられたのです」

「ほう。して、どうしてそのことを高瀬どのはご存じなのでしょう」

その突き放したような物言いは高瀬を小馬鹿にしているようでもあり、疑っているようでもあった。高瀬は動ずることなく、

「わたしがお仕えする飛鳥小路中納言さまのご息女町子さまは雛子さまにお仕えしておりました。その町子さまより、雛子さまのお供で江戸市中をお忍びで見物する旨がわたしの

元に報されたのです」

高瀬は密かに雛子と町子を警固しようと二人を追いかけたと言った。

「なるほど、して」

鳥居は話の続きを促した。

高瀬は町子が盗賊の手にかかり、雛子の身代わりとなって命を落としたと悲痛に顔を歪めて話した。

「それは、お気の毒なことでしたな」

鳥居は当たり障りのない悔やみの言葉を述べ立てた。

「そして、その盗賊一味、一体、何者であると思われますか」

高瀬は言った。

「盗賊一味……はて、当奉行所の聞き込みでは……」

素性は摑めなかった、と鳥居は南町奉行所の探索不足を認めた。大した事件ではないと鳥居は判断していたようで、奉行所の探索に深く立ち入らなかったのだ。

「高瀬どのにはお心当たりがござりますか」

鳥居は食いついてきた。

高瀬は鳥居を見返し、

「公儀御庭番、菅沼外記配下の者たちです」

「菅沼外記……」

鳥居は口をあんぐりとさせた。

次いで表情を引き締め、拳を握りしめる。

「菅沼外記め、生きておるとは耳にしておったが……」

「そのお顔、菅沼外記に遺恨《いこん》を持っておられるご様子……」

その高瀬の言葉には答えず鳥居は早口に捲し立てた。

「菅沼外記が何故雛子さまを襲ったのですか」

「外記は公儀御庭番の任を解かれ、その後は戦国の世の伊賀者《いがもの》のような仕事を行っております」

「と、言うと……」

「上杉《うえすぎ》の軒猿《のきざる》、北条《ほうじょう》の風魔《ふうま》のように特定の主の下で隠密活動を行っておるのではございませぬ。徳川将軍家という天下の主の下を離れた外記は、伊賀者が報酬次第で何処の大名にも雇われたように、その時々の報酬と要望次第で動いておるのです」

「なるほど、それで、今は……」

まさか水戸中納言さまではという鳥居の言葉に高瀬は大きくうなずいた。

「では、水戸さまは雛子さまのお命を狙っておられるのか」

　鳥居の目は好奇心に彩られている。

「いかにも、その通り……とは申しませぬ。中納言さまは尊王心の篤いお方、畏れ多くも皇統の血を引く雛子さまを手にかけるようなことは致しませぬ」

「ならば……はっきりと申してくだされ」

　鳥居は苛立《いらだ》ちを示した。

「雛子さまを水戸家にて手厚く庇護なさり、朝廷を味方につけようとなさっておられるのです。よって、外記に命じて雛子さまをわが物にせんとなさったのです」

　高瀬は言った。

「ならば、雛子さまは水戸藩邸におられるのか」

　鳥居は問いかけた。

「それが違います」

　高瀬は言った。

「では、何処に」

「おそらくは菅沼外記が匿っておるものと思います」

　高瀬は言った。

「何処に……」

「目下、探索中でござる」

「高瀬どの、お一人では手に余りましょう。当奉行所も探索を行いますぞ」

鳥居は意気込んだ。

「お気持ちはありがたいのですが、町方が大っぴらに動いては気づかれます。外記も警戒しておりましょうからな」

「むろん、隠密廻り同心を使うつもりでござる」

町奉行の誇りを傷つけられたと感じたのか鳥居はむっとした。鳥居にはこの表情が似合う、と高瀬は思った。実に笑顔が不似合いな男である。

「いかに優秀な隠密廻りでも、雛子さまのお顔はご存じないですわな。顔もわからんお方をどないして捜しますのや」

「それは……」

鳥居はむっとして黙り込んだ。

「雛子さまのお顔はごくごく限られた者しか知りませんわ」

駄目押しのように高瀬は言った。

鳥居は納得しながらも、

「ですが、高瀬どのお一人では広い江戸を捜すのはいかにも難儀である、と存じますがな。それとも、高瀬どのにはお心当たりがあるのでしょうかな」

皮肉を込めて鳥居は返した。

「蛇《じゃ》の道は蛇《へび》……」

高瀬が答えると、

「真面目にお答えくだされ」

鳥居の語調が強くなった。

高瀬は目を凝らし言った。

「わたしは鵺党に属しております」

鳥居はうなずいて返した。

「なるほど、鵺党に。鵺党は雛子さまを御守りするのがお役目。何としても外記から無事にお救い申し上げなければなりませぬな」

「ですので、わたしが責任を持って雛子さまの所在を探り出します。それで、捜し出した暁には鵺党で雛子さまの奪回《だっかい》に動きますが、菅沼外記とその配下、どれほどの数がおるのか、腕はどれほどであるのか、そこまでは把握《はあく》しておりませんので、ご助勢を賜ることになるかもしれませぬ。その際はよろしくお願い申し上げます」

慇懃に高瀬は頼んだ。

「承知致した」

鳥居は答えた。

「菅沼外記の命を奪うことになりますが。江戸市中での刃傷沙汰に町奉行として目を瞑って頂けますか」

高瀬の要請に、

「菅沼外記は死んだのです。死者を殺しても罰しようがありませんな」

鳥居はにんまりとした。

「味わい深きお言葉や」

高瀬は微笑んだ。

「ならば、くれぐれもよしなに」

鳥居は言った。

「御奉行もよろしくお願い致します。それから御老中水野越前守さまにもよしなにお伝えください」

高瀬は慇懃に頭を下げた。

「承知した」

威厳を示すように鳥居は鷹揚にうなずいた。

高瀬は優雅に舞うような姿勢で鳥居の前から姿を消した。

四

鳥居は水野を訪ねた。

御殿の奥座敷で高瀬の来訪を報告した。

「雛子さまが菅沼外記に匿われておるとはな。困ったことになったのう」

水野は渋面を作った。

「しかし、これで、鵺党が外記一味を成敗し雛子さまをお救いしたなら、水戸家も窮地《きゅうち》に陥れることができますぞ」

鳥居はほくそ笑んだ。

「そうであるな。斉昭公も無事ではすまぬ」

水野もにんまりとした。

「これは好機到来でござりますな」

鳥居は喜んだが、

「それは早計じゃ。雛子さまが水戸藩邸に迎えられれば、水泡《すいほう》に帰《き》す。我らが逆に窮地に立つのだ」

水野は言った。

「それは、そうですが」

鳥居はうなずいた。

「水戸藩邸を監視しておるのか」

「それは怠っておりません」

直ちに隠密同心を水戸藩の上屋敷、中屋敷、下屋敷に監視に行かせた。しかし、水戸家にはそれら以外にも蔵屋敷、抱《かかえ》屋敷、その他、沢山の屋敷がある。探索の網の目を潜り抜けられる可能性も大きかった。

「鵺党ならば雛子さまをお救いできるであろうがな」

不安そうに水野は言葉を止めた。

すると、家臣が中山の来訪を告げた。

「丁度よいな」

水野は言った。

程なくして水戸徳川家附家老、中山信守がやって来た。

　中山が水野と鳥居に挨拶を済ませると、鳥居は高瀬の一件を教えた。

「雛子さまが菅沼外記一党の手に落ちた……しかも中納言さまの命を受けてとは……」

　中山は開いた口がふさがらない、と嘆いた。

「しかしな、これは貴殿にとっても水戸家の家中体制を刷新するに好機であるぞ」

　水野が指摘すると鳥居も大きくうなずいた。

　中山は表情を引き締めた。

「雛子さまを力ずくで拉致するなど、許されぬことじゃ」

　強い口調で水野は断じた。

「ごもっともにござります」

　少しのためらいもなく中山も同意した。

「ならば、水戸家存続のためにも斉昭公には退いてもらわねばならぬ」

「畏れながら中納言さまには隠居頂くと致しましょう」

「斉昭公のことじゃ。隠居に留まることはあるまい。次の藩主には然《しか》るべき他家から養子を迎えるのがよろしかろう」

　水野の提案に、

「ごもっともですな」

中山は首肯した。

「それについては、公儀としては全面的に手助けを致す」

水野は言った。

「よろしくお願い致します」

中山は頭を下げた。

「まあ、任せておけ」

珍しく水野は頰を紅潮させて引き受けた。

中山と鳥居は畏れ入りました、と控えた。

五

真中がお勢の稽古所にやって来た。

三味線の音色とお勢の歌声が聞こえる。何となくであるが、普段よりも気が乗っているような張りと艶が感じられる。

何かよいことがあったのだろうか、と予感させる。

訪問はお勢の気分を削ぎそうであるが、ともかく格子戸を叩いた。

直後、三味線の音と歌声が止んだ。まるで、真中の訪問を待っていたかのようだ。格子戸に足音が近づく。浮き立つような軽やかな足音である。

「いらっしゃいませ」

お勢の弾んだ声と共に格子戸が開いた。

「失礼致す」

戸惑い気味に真中が挨拶をすると、

「なんだ……」

と、お勢の顔は失望に彩られた。

「なんだ、とは。お邪魔ですか」

真中は中に入るのを遠慮した。

「何でもないわ。さあ、入って」

あっけらかんと返すとお勢はくるりと背中を向けた。訝しみながらも真中は続いた。

「どなたか、待っておったのですか」

気にかかり真中は問いかけた。

「ええ、まあね」

お勢らしくはない曖昧さである。

真中が訝しむと、

「来客ってほどじゃなくてね、あたしの三味線を聞きにくるっていう物好きがいるの。それで、てっきりその物好きかと思ってね」

言い訳でもするかのようにお勢は早口に捲し立てた。

「物好きではないでしょう。お勢どのの三味線、それに唄は誰でも聞きたいはずです」

おおまじめに真中は返した。

「あら……真中さんがお世辞を言うなんて珍しいわね」

お勢は返した。

「世辞ではござらぬ。本心から申しております」

むきになって真中は返した。

苦笑しながらもお勢は、「ありがとう」と軽く頭を下げ、

「その物好きっていうのはね、都から来た青侍なのよ」

途端に真中の目が尖った。

お勢は戸惑い、

「ちょっと、勘違いしないでよ。別にその青侍がどうのこうのってわけじゃないんだから。ただ、都の人に誉められて、聞きたいって言われたら、気分がいいじゃないの」

と、またも一気に捲し立てた。

「いや、そうではなく。その青侍、背がすらりとした役者のような男前ではなかったですか」

あくまで冷静に真中は問いかけた。

「そうだけど……」

お勢は落ち着きをなくした。

「高瀬と名乗りませんでしたか」

真中は畳みかけた。

「そう……飛鳥小路中納言さまに仕える高瀬清史郎と名乗ったわ。真中さん、知っているの」

お勢は言った。

「雛子さまを襲った一味です」

真中は答えた。

「まあ」

さすがにお勢は口を半開きにした。

「おそらく、高瀬は雛子さまを捜しに来たのでしょう」

真中の推測に賛同し、

「どうしよう。そんなこと知らないものだから」

お勢は慌てた。

「いや、高瀬のことを話しておかなかったのは、わたしの落ち度です」

真中はお勢を責めはしない。

「わかったわ。高瀬が来たら、用心する」

お勢は言った。

「高瀬が来た時、他に誰かいませんでしたか」

真中の問いかけにお勢は記憶の糸を手繰るように天井を見上げた。

それからおもむろに語る。

「ここには、あたしと高瀬しかいなかったわね。高瀬が帰る時、春風さんとすれ違ったわ。

それだけね」

お勢の言葉を聞き、

「すると、高瀬は雛子さまの居場所は摑んではおりませぬな」

真中が言うと、

「そうだと思うわ。いえ、きっとそうよ。だって、あたしは雛子さまのひの字も話していないし、高瀬だって雛子さまの話はしなかったもの」

お勢も安堵の表情となった。

するとそこへ、

「御免くださいな」

と、春風が入って来た。

春風は真中に気づき、

「真中さんもいらしたか。それは丁度よかった」

と、独り合点してから、座った。

急いで来たと見え、顔と首筋に大汗をかいている。手拭で汗を拭きながら息を整える春風に、

「冷たい麦湯を持って来るわね」

お勢は立ち上がりかけた。

しかし、春風はそれを引き留め、

「昨日、ここに来た青侍、今日も来ましたかな」

と、高瀬について問いかけた。

「いいえ、今のところは……」

お勢は真中と顔を見合わせた。

「思い出したのですぞ」

春風は言った。

お勢は無言で話の続きを促す。

「あの青侍、品川の甘露屋宗軒の屋敷におりました。周囲の娘たちから清さまと黄色い声をかけられておりましたな」

春風は言ってからお勢と真中が厳しい顔つきとなったのを見ておやっとなった。

「高瀬清史郎、鵺党の一員です。そして、雛子さまを襲った一味を指揮していたのも奴なのでしょう」

真中の話を聞き、

「すると、ここにやって来たのは……」

春風は口を閉じた。

「雛子さまを捜してのことでしょう」

お勢は言った。

「違いありませんなあ」

春風は顎鬚を引っ張った。

「春風さん、あれから、観生寺へ行ったのよね」

　お勢は確かめた。

「お勢さんから預かった花簪を届けに行きましたぞ」

　答えてから春風はぎょっとなった。

「後をつけられはしなかった」

　お勢は問いかけてから、

「高瀬も気づかれるようなどじじゃないか。鵺党だものね」

「わしとしたことが、全く油断をしておりましたな」

　悔いるように春風は自分の頬を拳で叩いた。

「こうしてはおれぬ」

　真中は勢いよく立ち上がった。

「まだ、雛子さまが観生寺にいらっしゃる、と気づかれたわけじゃないわよ。今のところ、何の報せもないんだから」

　お勢はなだめたが、

「それもそうですが、やはり、心配です。少なくとも、用心するように伝えねば」

　無事を確めたいと真中は言い張った。

「ならば、わしも」

春風も観生寺に行くと賛同する。お勢はわかったと受け入れ、

「わたしはここに居て、高瀬が来たら、何処まで探り当てたのか、探ってやるわ」

「お勢どのも無理はなさらず」

真中は言い置いて春風と共に稽古所を出ていった。


半刻後、真中と春風は観生寺にやって来た。

平穏な日常が繰り広げられている。

ほっと安堵して真中と春風は、本堂の濡れ縁に座して手習いの様子を見守った。蟬時雨《しぐれ》が境内に降り注ぎ、木々の枝が風にしなった。木陰に身を入れると、すっと汗がひいていった。

子供たちの楽しそうなさんざめきを聞くと、心が和らいだ。

「高瀬は気づいていないのかもしれませんなあ」

春風は楽観的な見通しをした。

「そうだとよいのですが。すぐに諦めはしないでしょう。しかし、皇女のお命を狙うとは鵺党、甘露屋、恐るべき敵です……だが、どうも腑に落ちない」

真中はぽつりと漏らした。

「いかがなされましたかな」

春風は首を捻った。

「甘露屋はどうして屋敷内で雛子さまのお命を奪わなかったのでしょう」

「さすがに、屋敷ではまずいでしょう」

春風は言った。

「それはそうですが、病に見せかけることもできるわけで……もちろん、疑われはするでしょうが。雛子さまは江戸に来て、自分が邪魔になったからだ、とおっしゃいましたが」

「江戸で情勢に変化があったと」

「上知令に関して、水戸中納言さまと水野さまの間で綱引きが行われております。どちらも朝廷を味方につけたい。朝廷を味方につけるに当たり、雛子さまが鍵となる。ですが、雛子さまがここにおられるのは水戸中納言さまの命を受けた菅沼外記一党に攫われたからだ、と水野さまが勘繰ったとすれば……」

「水野さまにとって雛子さまは頼みの綱から大敵となるわけですな」

春風の心配を受け、

「おそらくは」

真中は雛子を見やった。

ホンファと何やら、やり取りをしている。文字を書いて意思の疎通を図っていた。好奇心旺盛な雛子のことだ。ホンファに香港のこと、清国のことを聞いているのだろう。それを裏付けるように雛子は時折、相槌を打ち、眉根を寄せて同情を寄せている。

ホンファの境遇、香港や清国の現状を憂えているようだ。

「いずれにしても、このままでは危ないですな」

「お頭が水戸さまの藩邸にお迎えを申し入れました。水戸藩邸も歓迎なさるとか」

「それがいいですな。水戸藩邸に匿われれば安心ですな。それに、中納言さまにとっても、好都合というものでしょう」

「まさしく」

真中は首を縦に振った。

「水戸さまのお迎え、待ち遠しいですな」

春風は首を伸ばした。

第五章　鵺と貉

一

春風と真中が観生寺に向かってから半刻が過ぎた。

お勢の稽古所に高瀬清史郎がやって来た。

萌黄色の小袖、紅色の袴という役者めいた出で立ちが今日もぴったりとしている。

ただちに追い返すべきだろうか。いや、それでは高瀬に不審を抱かれる。それに、高瀬の意図や鵺党の動きも知りたい。

そうだ、三味線を使って色々と聞き出してやろう。

お勢には三味線の音色と歌声で相手を催眠《さいみん》にかけ、心に秘めた事実を聞き出す技があるのだ。

警戒しながらもお勢は高瀬を迎え入れた。

「いやあ、あきまへんな。お勢さんの三味線が耳に残ってしまって、夢の中でも三味線の音色が消えませんでしたぞ。朝餉を食しておっても我知らず、口三味線を弾いている有様です。まことと、お勢さんは三味線の達人や。都にもお勢さんのような名手はおらんわ」

歯の浮くようなことを高瀬は臆面もなく言い立てた。

見え透いた嘘とはわかっているが、男前の面立ちと柔らかな物言いに、ついつい警戒心が緩んでしまう。

いけない、と己を叱咤し、

「都のお人はお世辞がお上手ですね」

お勢は突き放したような口調で返した。

「本心から感心しているからこそ、世辞も並べられるのです」

もっともらしい理屈を述べ立て、高瀬は笑みを深めた。

口で相手になっていては高瀬の調子に乗せられる、とお勢は三味線を手に取った。

よし、この男の狙いを聞き出してやる。

三味線睡眠……。

お勢は高瀬から視線を外した。

「では」

お勢は撥で三味線を鳴らし始めた。

高瀬は満足そうに薄目になり、お勢の三味線に聞き入った。

軽快な音色を奏で、高瀬の様子を窺う。

高瀬の口が蠢いた。お勢の三味線に合わせて何か口ずさんでいる。やがて、高瀬の身体が微妙に揺れてきた。

三味線に高瀬が集中しているのを確かめると、お勢は撥を頭上高く掲げた。

次いで、さっと弦を鳴らす。

軽やかな三味線に艶と力強さが加わった。高瀬は吸い寄せられるようにお勢に見入った。

「高瀬さま……清史郎さま〜」

甘えたような声でお勢は呼びかけた。

両目を閉じたまま高瀬は顔を向けてきた。

「清史郎さまは〜どうして〜あたしを訪ねてくれるのかしら〜」

歌うような節をつけてお勢は問いかける。

「三味線の音色に引かれたのですよ」

身体を揺らしながら高瀬は答えた。

「それだけかしら〜」

ゆっくりと、お勢は問いを重ねる。

「歌声にも引かれました」

高瀬は答える。

「それだけ〜」

撥を忙しく動かした。

「お勢さんに引かれたのですよ」

目を瞑ったまま高瀬は笑顔になった。

「お上手ね〜本音を打ち明けて〜」

「本心ですよ〜」

高瀬も歌うような調子になった。

深く、三味線睡眠にかかったようだ。

お勢は撥を置き、爪弾きを始めた。音の調子を落とし、歌声を大きくする。三味線は雨だれのような音になった。

「どうかしら〜腹の内を知りたいわ〜」

声音に艶を込め、雨宿りをしながら想い人を待つ女を演ずる。

と、それに誘われるようにして高瀬は立ち上がり、三味線の音色に合わせて踊り始めた。

目を見張るような踊りようである。

両手の爪先までがぴんと伸び、優美なだけではなく男の力強さに色気が加わり、お勢は思わず見とれてしまう。三味線を鳴らす、爪弾きが疎《おろそ》かになってしまった。

雨音が消え、雨中の情景が消えてゆく。

「お上手ですね」

思わずお勢は語りかけた。

「おおきに」

高瀬は素直に喜んだ。

いけない、と自分に気合いを入れ直し、撥を手に取った。

「高瀬さま〜お座りになって〜」

すねたような声音で頼みかける。

しかし、高瀬の耳には届かないのか踊りを止めようとはしない。

「高瀬さま〜清史郎さま〜」

もう一度、呼びかける。

ようやくのこと、高瀬は視線をお勢に向けた。それでも、踊りを止めようとはせず、にこにことしながら、

「お勢さん」

優し気な声音で呼び返した。

お勢は高瀬を見上げる。

「さあ、踊りましょう」

高瀬は誘いかけた。

お勢は無言で首を左右に振った。

「遠慮せんと」

高瀬は誘いを重ねる。

高瀬の誘いを拒絶するようにお勢は力を込めて三味線を弾こうとした。しかし、力がはいらない。

身体がふわふわとするのだ。

ごく自然と腰が浮いてしまう。

眼前では高瀬の楽しそうな踊りが繰り広げられている。

お勢はうっとりとなった。

「さあ、一緒に踊りましょう」

高瀬の誘いを断ることができず、お勢は三味線を置き、立ち上がった。同時に両手が頭上に持ち上がる。

三味線の音がなく、殺風景な稽古場ゆえの静寂は舞踊の気分にはほど遠いものであったが、浮き立つような気持ちに包まれて身体が弾んでしまう。

すると、何処からともなく笛の音《ね》が聞こえてきた。

美しいだけではなく、気分を高揚させる甘美な音色である。高瀬はにこにこと柔らかな笑みをたたえながら踊りを続けている。

お勢も手足を動かす内に楽しくなってきた。

いつの間にか夕闇が濃くなっている。薄闇の中、高瀬の萌黄色の着物がぼんやりと滲んだ。

灯りを……。

手足を動かしながらも、行灯《あんどん》に歩み寄れない。

すると、提灯が揺れた。

猿面、いや鵺の面を被った者たちがお勢を囲んだ。

「あなたたち……」

鵺党の出現にお勢は危機感を抱いた。

逃げ出そうとしたが、身体が思うように動かない。

「お祭りに行きましょう」

高瀬は誘いをかけた。

「お祭り……何処の」

精一杯の抵抗を示すようにお勢は問い直した。

「楽しいお祭りですよ」

高瀬は踊りながら稽古所から出て行った。

お勢は鵺党の者たちに囲まれながら、高瀬の後に続く。自分の意思とは関わりなく足が向いてしまうのだ。

表に出ると駕籠が用意されていた。

歯を食いしばってどうにか立ち止まる。

すると、夕空が黒い雲にかきくもった。

稲光が走る。雷光に鵺党の者たちが浮かび上がる。不気味さが際立った。

直後に雷鳴が轟く。

ぼうっとなって霞がかかっていた頭が冴え、身体がしゃきっとなった。

「お祭りには行かないわ」

お勢はきっぱりと断った。

「楽しいですよ」

穏やかに高瀬は誘いをかける。

またも雷鳴が轟き、暗黒の空から雨が降ってきた。

「あら、夕立だわ。風邪ひいちゃう」

お勢は稽古所に入ろうとした。

すると、高瀬は足音も立てず風のようにお勢に近づき、

「行くのだ」

これまでとは一転、野太い怒声を放った。

本性を現した、とお勢は身構える。稲光に浮かぶ高瀬の面相は、目が吊り上がり、薄い唇が赤らみ、妖魔の如き表情と化していた。

「いやあ！」

恐怖心と共にお勢は叫び立てた。

高瀬は唇を真っ赤な舌で舐め、右手で拳を作り、お勢の鳩尾に沈めた。

激しい雷雨がお勢に降りかかる中、お勢の意識は暗黒に沈み込んだ。

高瀬は崩れるお勢を抱きかかえ、駕籠へ入れた。

「怖がることはない。竜宮城へと連れて行くのだ」

高瀬は語りかけた。

「竜宮城になんか行きたくはないわ」

お勢は抗った。

「なに、来てよかった、とわたしに感謝をするさ」

高瀬は駕籠の垂れを下ろし、

「行け」

乾いた声で高瀬は命じた。

駕籠の周囲を鵺党が囲んだ。

お勢を乗せた駕籠は降りしきる雨と風をついて根津から上野に向け走り出した。不幸中の幸い、不忍池《しのばずのいけ》の畔《ほとり》に至ったところで雨が上がった。

二

夕立が上がってから義助と一八がお勢の稽古所にやって来た。途中、不忍池の畔で若い侍が横についた駕籠が上野方面に進んでゆくのが見えた。

若侍の背中しか見えなかったが、

「あの形《なり》……」

義助は鮮やかな萌黄色の小袖に視線を凝らしたが一八に促されて、稽古所にやって来たのだった。

「御免くださいよ」

義助はいい鯉が手に入りました、と言いながら稽古所を覗く。稽古所は無人である。

「おや、お留守でげすね」

一八は稽古所の中を見回した。

義助は魚を台所へ届けた。

首を捻りながら一八は義助を待った。

程なくして義助が戻って来た。

「湯にでも行ってらっしゃるのでげすかね」

一八は呟くように言った。

「ちょいと、待っていようか」

義助は鯉の料理の仕方を教えたいと言った。

「そうでげすね」

気にかかるようで一八も賛同した。

次いで、

「おや、これは……」

稽古所の隅に置かれた三味線に視線を落とした。

「どうした」

義助も気になり、一八の視線を追った。

「三味線が置いてあるんでげすがね、お勢姐さん、三味線をこんなぞんざいにはしないでげすよ」

一八は三味線を拾い上げた。撥は少し離れて転がっている。

「お勢姐さん、三味線はとっても大事にしていなさるよ」

一八の言葉に、

「そりゃ、そうだな」

義助も納得した。

「ということは……」

一八が言葉を止めると、

「大変だあ！」

義助は外記に報せてくると出て行こうとした。そこへ、村山庵斎がやって来た。

「おお、義助、鯉の洗い、楽しみじゃのう」

庵斎は義助がお勢に持って来る鯉のお相伴に与《あずか》ろうとやって来たのだ。

「それがでげすよ」

一八が庵斎にお勢が失踪し、何者かに連れ去られた疑いのあることを語った。

「きっと、さっきの若侍……ええっと、都から来たっていう青侍の……高瀬って言ってたっけ。そうだ、稽古所に上がり込んで、お勢姐さんに色目を使っていやがった」

義助は稽古所にいた青侍の仕業だと捲し立てた。

慌てふためく一八と義助に対して庵斎は落ち着きを失わず、

「おお、高瀬という青侍、甘露屋の屋敷におったな。色男風で、商家の女将たちにモテておったぞ」

と、ふむふむとうなずいた。呑気《のんき》に構えている場合じゃござんせんよ、と義助は庵斎の態度をなじり、

「お勢姐さんは品川にある甘露屋の屋敷に連れて行かれたのかもしれませんぜ」

と危機感を煽ったが、

「そうかもしれぬな……」

と、庵斎は動じない。そんな庵斎に業を煮やしたように、

「よし、甘露屋屋敷に行くぞ」

義助は一八を誘った。

一八も、

「行くでげすよ」

と、勇み立った。

ところが、

「まあ、待て」

庵斎はこういう時だからこそ落ち着かねばならんのじゃ、と引き留めた。

「そりゃ、そうですがね。ぼやぼやしていると、お勢姐さん、殺されちゃいますよ」

義助は同意を求めるように一八を見た。一も二もなく賛同してくれると思ったが意外にも一八は、

「殺すのなら、ここで殺しているんじゃないでげすかね」

と、異論を唱えた。

庵斎も深くうなずく。

「それもそうか……」

義助は納得したものの、

「じゃあ、鵺党はお勢姐さんをどうして攫ったんですかね。まさか、身代金目当てってこ

とはないでしょう。だって、鵺党は甘露屋とくっついているんですからね。甘露屋は唸るほど、金を持っていますよ。もっとも、人の欲に限りはありませんから、いくらでも金が欲しいのかもしれませんがね。それなら、大店の娘をかどわかした方がいいですよ」

考えがまとまらず、思いついたことを捲し立てた。

すると一八が訳知り顔になって言った。

「姐さんはいい女でげすからね……」

「妙なこと考えるんじゃないよ」

嫌な顔で義助は否定した。

「おや、やつがれは姐さんを誉めているんでげすよ。高瀬が一目惚れしたとしてもおかしくはない。わが物にしようと、攫ったっていうのが、まっとうな考えというもんでげす」

一八は考えを曲げない。

義助はむっとして言い返そうとしたが、まあまあと庵斎が間に入り、

「とにかく、鵺党はお勢ちゃんを攫ったのだ。わしが思うに、お頭を、菅沼外記をおびき寄せる目的もあるのじゃろう」

「お勢姐さんを人質に、お頭を……」

鵺党は汚い野郎どもだ、と義助は怒りを滲ませた。

「おまえたち、お頭に報せろ。観生寺に行け」

わしは、品川の甘露屋屋敷に出向く、と庵斎は言った。

お勢は品川の甘露屋宗軒の屋敷に連れて来られた。

居間の西洋机に座らされたところでお勢は目を覚ました。

高瀬が、

「お目覚めですか」

と、柔らかな目で見つめた。

「ここは……」

お勢は周囲を見回した。

「ここは竜宮城の入り口ですぞ」

高瀬は言った。

「竜宮城……冗談はよして」

お勢は眉根を寄せた。

「品川です」

「品川……甘露屋さんの御屋敷ね」

落ち着きを取り戻し、お勢は椅子に座り直した。

そこへ宗軒が入って来た。

白絹の小袖に紫の袴、首から翡翠《ひすい》の首飾りを下げていた。

高瀬が宗軒を紹介した。お勢は黙って見返す。

宗軒はお勢を見ながら、

「なるほど、これはよいのう。まさしく人魚じゃ」

と、下卑た笑いを浮かべた。

「ちょいと、嫌らしい目で見ないでよ」

お勢はきっと厳しい目をした。

お勢の気持ちを静めようとしてか、高瀬は穏やかな顔で語りかけた。

「菓子など、召し上がったらいかがですか」

女中がお盆を持って入って来た。西洋製の茶器が載っている。

「西洋のお茶と菓子ですぞ。饅頭《まんじゅう》の西洋版ですな」

高瀬は勧めた。

お勢は横を向いている。

「甘くて、美味ですぞ」

宗軒は自らの前に西洋菓子を置いた。

四角形で周りは白い。砂糖のようだが粘《ねば》り気がありそうだ。

「砂糖をたっぷりと使っております。それに、練乳《れんにゅう》を混ぜておるのですな」

高瀬は説明を加えた。

「あら、そう」

素っ気ない返事をし、いかにも無関心を装ったが、お勢は甘い物には目がない。外記は下戸で甘党、お勢は酒は飲めるが甘い物も好きだ。ついつい、好奇心が疼いてしまう。

「どれ」

宗軒は手摑みで西洋菓子を食べ始めた。むしゃむしゃと咀嚼すると口の周りが白くなった。

「白いのは、西洋の餡《あん》です。西洋人はクリームと呼んでおります。日本の餡よりも濃厚《のうこう》ですぞ。また、西洋菓子はケーキと名付けられております」

解説しながら高瀬は爪楊枝《つまようじ》で西洋菓子を器用に切った。

「美味いですぞ。お手元の黒文字をお使いなされ……まあ、宗軒どののようにかぶりついてもよろしいが……」

高瀬は満面の笑みを向ける。

お勢は強い興味を抱きケーキに爪楊枝で切りこみを入れた。次いで、切ったひと片《かけ》を口に運ぶ。

これまでに食べたこともない濃厚な甘味が口中に広がり、舌に粘り気を感じた。粘り気を除こうと西洋のお茶を飲む。赤みを帯びたお茶は薄気味が悪かったが、ケーキとは相《あい》性《しょう》抜群だ。

「いかがです」

高瀬が問いかけた。

「美味しいわね」

お勢は素直に言った。

「西洋人はこのように脂《あぶら》っこい物を食するゆえに身体がでかくなるのやな」

宗軒は言った。

「西洋の者どもと合戦《かっせん》に及ぶには食べ物も合わせるべきですね。牛や豚の肉を食さねばなりませんぞ」

高瀬の言葉に、

「いかにも」

宗軒は首を縦に振った。

「西洋がお好きなの」

お勢は聞いた。

「好きなものも多々ありますな」

宗軒が返すと、

「都でも老舗の呉服屋さんが西洋好きとは意外ね」

お勢が言うと、

「甘露屋も戦国の世、そう、信長公や太閤《たいこう》、それに東照大権現さまの頃は西洋人と商いをしておりましたぞ。西洋の珍しい酒、食べ物も手に入れておりましたのでな、西洋人の習慣に抵抗はありませんわ」

語り終えると宗軒は椅子から立ち上がった。

「行きますよ」

高瀬はお勢を誘った。

「何処へ」

警戒心むき出しにお勢は聞く。

「来ればわかるがな」

ぶっきらぼうに宗軒は答えてくれなかったが、

「竜宮城だと言ったでしょう」

高瀬は言った。

続いて高瀬はいやだと反発するお勢の腕を掴んだ。反射的に撥ね除けようとしたが、有無を言わさぬ力強さである。

高瀬に引きずられるようにして、お勢は切妻屋根に金色の鳳凰像を頂いた離れ座敷に連れて来られた。

広々とした座敷であった。

四方に雪洞《ぼんぼり》が置かれ、淡い灯りが揺れている。障子が開け放たれ、涼を含んだ夜風が吹き込んでくる。

「夏座敷ですわ」

夏には過ごしやすいと宗軒は言い添えた。

「そう」

素っ気なくお勢は返した。

「あまり楽しそうではないですな」

高瀬は皮肉そうに口元を歪めた。

「楽しいわけがないでしょう。攫われて、無理に連れて来られたのよ」

お勢は口を尖らせた。

「勝気な娘さんだ。しかし、あれを御覧になれば、心が浮き立ちますぞ」

高瀬は頭上を指差した。

釣られるようにしてお勢も見上げた。天井一面を焦げ茶色の布が覆っている。

「なに、つまらないじゃない」

すかさずお勢は文句を言った。

「よいから、見上げてくだされ」

宥めるように高瀬は繰り返した。

猿、いや、鵺の面を被った男たちが入って来て、座敷の四隅に立った。自分を拉致した鵺党の連中から顔をそむけたくて、お勢は天井に視線を向けた。

高瀬が右手を挙げる。

鵺党が四隅から垂れ下がった紐を引っ張った。

天井が裂けた。

「あっ」

お勢は右手で顔を覆い、その場にしゃがみこんだ。

「安堵なさいよ。申したように頭上には竜宮城があります」

高瀬に言われ、お勢は蹲《うずくま》ったまま顔を上げた。

「まあ……」

天井はギヤマン細工の板が敷かれた巨大な水槽となっている。藻が揺らめき、竜宮城を模った石造りの模型があった。金魚のような観賞魚ばかりか鯛や平目《ひらめ》も泳いでいる。

すると、岩陰から巨大な魚の尾鰭が見えた。鯨《くじら》にしては小さい、鮫《さめ》だろうか。いや、そうではない。鱗が桃色で艶めいているのだ。

桜鯛なのだろうか。

いや、あんなに大きな桜鯛がいるわけがない。それに、尾鰭の形に違和感がある。人のような気がする。

義助ならどんな魚なのかわかるかもしれない、とお勢は思いながらゆっくりと立ち上がった。天井から目が離せない。

すると、桃色の尾鰭をした怪魚が反転した。

「ええっ」

お勢は絶句した。

黒髪を水に靡《なび》かせた女である。

そんなばかな。鱗があり尾鰭も備えているではないか。人であるはずがない。

しかし、上半身は裸、豊かな乳房が揺らめいている。

「高瀬さん……」

お勢は驚愕の視線を高瀬に移した。

「驚かれたようですな」

高瀬は楽しそうだ。

「あれは人ですか魚ですか」

まずは強い疑問をぶつけた。

「人であり魚であり、西洋では人魚、マーメイドと呼んでおりますわな」

高瀬は言った。

「人魚……」

唖然と呟いてお勢は再び天井を見上げた。

人魚と目が合った。

人魚はお勢に笑みを投げかけ、水槽の底から泳ぎ上がっていった。

「言葉は話せるのですか」

お勢の好奇心が疼いた。

「話せますぞ」

「日本の言葉を……」

首を傾げお勢は西洋からやって来たのだろう、と疑問を呈した。

高瀬は宗軒を見た。

それまで、お勢の反応を楽しんでいた宗軒が、

「高瀬さん、からかうのはそれくらいにしときなさい」

と、鷹揚に語りかけた。

頭を掻きながら高瀬は笑った。

高瀬に代わって宗軒がお勢の疑問に答えた。

「あれは、人魚に扮装《ふんそう》させた伊勢《いせ》の海女なのです。尾鰭を模った腰巻を身に着けさせていますよ」

「……まあ、そうだったの」

ほっとした。

「偽ってすみませぬな」

言葉とは裏腹に高瀬は反省などしていない。

「いかがですかな。涼し気な座敷でござりましょう」

宗軒は自慢をした。

「珍しいというか、驚きはしましたけど、落ち着いて見ると何だか下品だわね」

ずけずけとお勢は感想を述べ立てた。

「これは辛辣《しんらつ》やな。江戸の娘はんは愛想というもんがないわ」

宗軒は顔をしかめた。

「都の風情というのか雅《みやび》なものが見たいものね」

お勢は言葉を重ねた。

宗軒はにやりとした。

「確かにお勢さんの言う通りや。あれでは味気ないかもしれんわな。もっと、優美に飾り立てた方がええわ」

「わかれば、そうしてください。では、わたしはこれで失礼します」

しれっとお勢は座敷を出ようとしたが、許してくれるはずはなく、

「まあ、待ちなはれ」

宗軒が引き留め、鵺党の面々がお勢の前方に立ちはだかった。

お勢は宗軒に向き直った。

「お勢さん、この夏座敷を飾り立てるのを手伝ってくださいな」

宗軒は言った。

「あいにくですが、あたしは華道とか絵とか庭造りとかには全然、才がないの。ご希望には添えません」

お勢は強い口調で断った。

「しかし、あんなにも美しい三味線を奏で、歌声を聞かせてくれたではありませぬか」

横から高瀬が言葉を添えた。

「三味線や歌は生業としているの。絵とか華道とか庭造りなどはやったことがないわ。美しい物を愛《め》でる心はあっても、技はないのよ。おあいにくさま」

噛んで含めるようにお勢は言った。

宗軒はお勢の頭のてっぺんから足の爪先まで舐めるように視線を這わせた。

ぞっとするような不快感がお勢の背中を走った。

構わず、宗軒は続けた。

「技はなくともお勢さん自身が美しい飾りとなるのや」

妙なことを宗軒は言い出した。

「どういう意味よ」

悪寒を感じながらお勢は問い返した。

「人魚になってもらいますのや」

冷静な口調で宗軒は告げた。

そう言えば、駕籠に乗せられる時、高瀬は「竜宮城へ行く」と言っていたが、目的は人魚に扮装させることだったようだ。

「あたしが人魚……冗談じゃないわ。だって、あたしは泳げないのよ」

お勢は一笑に付そうとした。

その時、高瀬が抜刀した。

刀身が雪洞の灯りを弾き、お勢の頭上を襲った。

お勢は唖然と立ち尽くした。

髪がだらりと肩に垂れ下がった。

「ああ、これはええがな。人魚にぴったりの黒髪や」

宗軒は満足そうに何度もうなずいた。

「やめて」

お勢は恐怖に顔を引き攣らせた。

再び高瀬が白刃を振るった。

帯が切れ、更には着物も切り裂かれてはらりと畳に落ちた。

薄紅の長襦袢《ながじゅばん》姿となったお勢は宗軒と高瀬を睨みつけた。

「なに、泳ぎはじきに覚えるもんや。溺れることはないわ」

宗軒は冷然と言った。

「海女どもが泳ぎを教えてくれる。潜《もぐ》れるようになったら、海女が助けてくれる。溺死することはない。竜宮城を楽しめますよ」

高瀬は頭上を指差した。

巨大な水槽に潜り、あの人魚のような腰巻を身に着けさせられるのだ。恥辱《ちじょく》と屈辱でお勢の耳朶《じだ》が熱くなった。

「なに、初めは恐ろしゅうても、やがて気持ちがようなるものや」

訳知り顔で宗軒は言った。

「そんなこと、絶対ないわ！」

お勢は言い立てた。

「強がりを言っていられるのも今の内だけですぞ。何時までも、逆らってばかりおりますと、西洋の紅毛人《こうもうじん》に売られてしまいます」

高瀬は忠告した。

「紅毛人もお勢さんなら、高い値で買ってくれるやろうな」

宗軒はにんまりとした。

「さあ、まずは、人魚の腰巻に着替えてもらいましょうか」

高瀬も貴公子然とした表情をかなぐり捨て品性下劣な笑みを浮かべた。

「そうや、こら、楽しみや」

宗軒もひひひ、と嫌らしい笑い声を放った。

「嫌よ！」

お勢は拒んだ。

「あんたに断ることはできんのや」

宗軒は怒声を放った。

「馬鹿なこと言わないで」

いきなりお勢は宗軒を突き飛ばした。

不意をつかれた宗軒は大きくよろめいた。すかさず、お勢は宗軒が腰に差した脇差を抜き放ち、宗軒の背後に回った。

虚をつかれた鵜党は動けずにいる。

お勢は宗軒の首筋に脇差の切っ先をあてがう。

「元気のいい娘さんやな」

宗軒は余裕を見せた。

「そんなこと、言っていられるのかしら」

お勢は脅しにかかった。

「そんなことをしても無駄な足掻きですぞ。似合わぬことはしないのが身のためやな」

高瀬が、
と、笑い声を放った。

「退《ど》きなさい」

お勢は宗軒を人質に取って夏座敷を出て行こうとした。鵺党がお勢と宗軒を囲む。

「目障りなのよ！」

お勢は鵺党を怒鳴りつけた。

鵺党は前を開けた。

「さあ、行くよ」

お勢は宗軒に声をかける。宗軒は薄笑いを浮かべながらお勢の歩調に合わせた。ぞろぞろと鵺党がついて来る。

「来ないで！」

お勢はぴしゃりと鵺党に言った。

鵺党は後ずさった。

しかし、高瀬はついて来る。

「しつこい男は嫌いよ」

お勢は高瀬を睨んだ。

「お勢さんは、怒った顔がええなあ」

この期に及んでも高瀬は動ぜずにお勢をからかった。

「あなたは、吠え面が似合いそうね」

負けじとお勢は返した。

「なるほど……」

高瀬は何度かうなずき、一礼した。

と、次の瞬間、高瀬は両手を頭上に上げた。

袖から扇子が飛び出た。

彩り豊かな扇子がお勢に向かって飛んでくる。驚きの余りお勢は顔を両手で覆った。

宗軒がお勢から離れた。

高瀬はお勢に近づき、腕を捻り上げた。手から脇差がぽとりと落ちた。

「だから、言わないことではない」

高瀬は冷笑を送った。

「ほんま、行儀の悪い娘さんや。暴れられんように素っ裸にしなはれ」

宗軒は怒気を含んだ声を放った。

お勢は長襦袢の襟を引き寄せた。

「男勝りでも恥じらいはあるようやな」

宗軒は笑った。

鵺党がお勢に近づいた。

三

和気剛憲と鳥居耀蔵は浅草寺裏手にある自身番《じしんばん》に詰めていた。和気は黒装束、鳥居は火事羽織に野袴という捕物の格好だ。

「まこと、この近くに雛子さまは潜んでおられるのじゃな」

鳥居は念押しをするように語りかけた。

「鵺党の探索に間違いはない」

和気は自信たっぷりに答えた。

「ならば、早速、雛子さまをお救いに向かいたいものじゃがな」

思案するように鳥居は言った。

「それは、どうですかな」

和気はにんまりと笑った。

「申したいことはわかる。いきなり、町方が捕物出役の体裁で雛子さまをお迎えするとなると、驚かれるだけじゃ。それに、水戸家が出迎えに行かれるのだろう。いくら何でも水戸家の行列から雛子さまを拉致するわけにはいかぬ」

鳥居は歯噛みした。

「そのために我らがおる」

「水戸家の行列を鵺党が襲うのか」

鳥居の問いかけに、

「さよう。雛子さまのお迎えの行列には菅沼外記らが加わっておる。鵺党に備えておるのじゃ。我らが菅沼外記一党を蹴散らした後に町方が介入すればよい。合図の呼子《よぶこ》を吹く。それまでは待機しておられよ」

和気の提案を、

「水野さまの了解は得ておらぬが、事後承諾でよかろう。雛子さまをお迎えできれば水野さまもお喜びになる」

鳥居は受け入れた。

「ならば、果報は寝て待てじゃ」

和気はごろんと横になった。

鳥居は手持ち無沙汰となって腕を組んだ。じりじりと焦りを募らせながら、和気の手下からの報せを待つ。身体が小刻みに震える。

「落ち着かれよ」

和気に言われ、

「うむ」

それでも鳥居はそわそわとした。

やがて、自身番に鵺党一味からの報せが届いた。

「行くか」

和気はゆっくりと立ち上がった。

観生寺では雛子が身支度を終えた。

雛子を護衛するため本堂に外記と真中がやって来た。手習いを終え、美佐江はすでにホンファを連れて自宅に戻った。当然、子供たちの姿はない。

外記は扮装を解いて黒装束に身を包んでいる。藤田東湖より、雛子を迎えるため水戸家から観生寺に使いを出した、と連絡があったのだ。

雛子は美佐江やホンファ、子供たちと別れ難い様子であったが、それでも、何時までも自分が居ては迷惑だと水戸家に迎えられることを受け入れた。

夜五つ、山門を藤田が潜った。

藤田は足早に境内を横切ると、本堂の階《きざはし》の下で片膝をついた。外記と真中も階を下りて、藤田の傍らに控える。

雛子は濡れ縁に立ち、藤田の挨拶を受けた。

夜空を彩る望月が雛子をほの白く照らす。

「水戸中納言どののお出迎え、まことにありがとうございます」

普段の町娘のような明るさは影を潜め、皇女の威厳を漂わせている。

「中納言さまも雛子さまをお迎えできること、望外の誉《ほまれ》、と心よりお喜びでござります」

藤田も厳かに礼を述べ立てた。

雛子はうなずき、

「迎えてもらう身としまして、こんなことを申しますのは無礼とは存じますが、敢《あ》えて申し上げます」

　わざわざ雛子は前置きをした。

　藤田は威儀を正した。

「水戸中納言どの、わたくしを迎える意図が上知令に関する思惑であるのでしたら、ご期待には添えませぬぞ」

　はっきりと雛子は言った。

　藤田は黙って雛子を見上げている。雛子は藤田を見返しながら続けた。

「わたくしは禁裏にも朝廷にも何の力も及ぼせませぬ。わたくしが何を申しましょうが、朝廷は帝のご意思のままに動きます」

　ここで藤田が口を開いた。

「畏れ多くも、雛子さまは皇女にあられるのです。天子さまも雛子さまのお言葉には耳を傾けられましょう」

「さて、どうでしょう。帝とは滅多に顔を合わせることなどありません。わたくしよりも甘露屋宗軒の方が朝廷や公家に影響力を持っておりますぞ。もう一度申します。水戸中納言どのが朝廷のお力をお借りして上知令を阻止しようとなさる、とお考えなのならご期待には添えませぬ。それでも、わたくしをお迎え頂けるのでしょうか」

　淡々と雛子は言い立てた。

「お迎え致します。中納言さまは、心より帝を尊崇しておられます。帝のお血筋である雛子さまを御守りするのは、政の争いの外でござります。我ら水戸家で雛子さまを御守りし、ご無事に京の都にお送り申し上げることをお約束致します」

藤田は誠心誠意言上した。

「では、わが身を預けます。よろしゅうに、お願い申し上げます」

雛子は深々と頭を下げた。

藤田は腰を上げた。

外記と真中も立ち上がった。

「こちらです」

藤田に先導され歩き出す。

外記と真中が雛子の前後を守る。藤田は本堂の裏手へと向かった。提灯は持たないが月明かりのお陰で歩くのに不自由はない。

藤田に連れられ、裏門から外に出ると町駕籠が待っていた。

身分ある女性が乗る駕籠、螺鈿《らでん》で飾り立てた女乗物《おんなのりもの》ではない。庶民も足代わりにする駕籠である。

藤田の意図は雛子にもわかった。

「囮を使ったのですね」

雛子は不愉快がるどころか、楽しそうな声を上げた。

「よくおわかりですな」

藤田は感心した。

山門前には女乗物が用意されているそうだ。

「わたしは、表門に回り、囮の行列を先導致します。囮の駕籠は小石川の水戸家上屋敷に向かいます。雛子さまは、今宵は向島《むこうじま》の蔵屋敷にお入り頂きます。外記どの、くれぐれも姫さまをお願い致します」

藤田は外記に頭を下げた。

「お任せください。この身に代えましても御守り致します」

外記が請け合うと真中も一礼した。

外記が駕籠の垂れを捲り上げる。雛子は、

「よろしゅうに」

と、駕籠かきに声をかけてから乗り込んだ。

それを確かめると、藤田は裏門から観生寺の中に入って行った。

藤田は山門に至った。

山門の脇には打掛《うちかけ》姿の女が待機していた。雛子に仕立てた水戸家の奥女中である。奥女中は薄紅色の被衣《かずき》で顔を隠しながら、山門の前に出た。

螺鈿細工の女乗物と呼ばれる駕籠がつけられる。

葵《あおい》の御紋《ごもん》入りの提灯が雛子を装った奥女中の足元を照らし、更にもう一人の奥女中が手を取って女乗物まで案内をした。

水戸家の家臣たちが二十人余り、駕籠の周りで片膝をついた。

雛子に扮した奥女中が女乗物に乗り込んだところで、藤田が出立《しゅったつ》を告げた。

駕籠の前後に警固の侍がつき、粛々《しゅくしゅく》と行列は進む。

浅草田圃の畦道《あぜみち》を浅草寺に向かって一行は進んでいった。

和気剛憲は鵺党を率い、藤田が率いる偽の雛子の行列の前に立ちはだかった。

和気以下、鵺の面を被り鑓や刀を持って一行を威嚇《いかく》する。

「我ら鵺党なり。水戸家の御一同とお見受け致す」

行列から藤田が前に出た。

「いかにも水戸家の行列である」

藤田は毅然《きぜん》と言い放った。

「皇女、雛子さまをお迎えに参った」

和気は申し出た。

「何のことでござろう」

藤田は突っぱねる。

「惚けても無駄だ。水戸家に雛子さまは渡せぬ。よいか、雛子さまを政の道具に使うなどという無礼は絶対に許さぬぞ」

和気は野太い声を発した。

「無礼はそっちだ。こんな夜半、鎧、刀を携えて当家の行列を遮るとは」

藤田は敢然《かんぜん》とした目で和気と鵺党を睨みつける。

「やむを得ぬな」

和気は右手を挙げた。

鵺党が行列に襲いかかった。

「ひるむな」

藤田は水戸家の家臣たちを鼓舞《こぶ》した。侍たちも抜刀し、鵺党に備える。

鵺党は駕籠を遠巻きに囲んだ。

「ヒョウヒョウ」

という不気味な声が聞こえ、鵺を模った張りぼてが現れた。

数人の鵺党に担がれた張りぼては揺らめきながら水戸家の行列に近づく。

「ヒョウヒョウ」

という声が響き、張りぼての口から火が噴かれた。

闇を切り裂き、火は田圃の案山子《かかし》を燃え上がらせた。

案山子が燃える炎が周囲を照らす。

行列が乱れ、藤田が叱咤する。

ここで和気は袖から呼子を取り出し、夜空に向かって吹き鳴らした。

耳をつんざく呼子が夜空を震わせた。

「呼子じゃ」

鳥居は自身番を出ると、捕方を集めた。

与力は陣笠《じんがさ》に火事羽織、野袴、同心は小袖を尻端折《はしよ》りにして額には鉢巻きを施している。

中間《ちゆうげん》、小者《こもの》たちは袖搦《そでがらみ》、突棒《つくぼう》、刺叉《さすまた》、梯子《はしご》などの捕物道具を携えている。

総勢、三十人余りだ。

自らは馬に跨《またが》り、浅草田圃に向かう。

「よいか、菅沼外記の手の者が皇女、雛子さまを連れ去ろうとしておる。断じて、菅沼の謀略《ぼうりやく》を阻止する。雛子さまを御守りするのだ」

鳥居は頰を紅潮させて、督励した。

捕方も勇み立った。

一路、浅草田圃に向かうと炎が立ち昇っている。

炎に武家の行列が見えた。

「あれだ」

鳥居は馬を進めた。

捕方もついてくる。

女乗物が見えてきた。

鳥居は馬を下り、

「皇女、雛子さまとお見受け致します」

と、声をかけた。

しかし、返事はない。

捕方が行列を囲む。

和気率いる鵺党の姿はない。

「菅沼外記、出て参れ」

鳥居は叫び立てた。

すると、駕籠の陰から一人の侍が出て来た。

「鳥居どの、これは何の真似でござる」

藤田が抗議の声を放った。

鳥居も藤田に気づき、

「藤田どの、雛子さまを拉致なさるおつもりでござろう。菅沼外記を使って、まんまと雛子さまを攫われましたな。じゃが、そうはさせませぬぞ！」

形相《ぎょうそう》を歪め怒鳴り返した。

「鳥居どの、何をおっしゃっておられるのかとんと見当がつかぬ。菅沼何某《なにがし》とは何者ですかな」

藤田に動揺の様子は微塵《みじん》も見られない。

「お惚けが過ぎますぞ」

鳥居は冷笑を放った。

「鳥居どの、無礼も大概《たいがい》になされよ。でないと、水戸家としましては御老中方に鳥居どのと南町の暴挙を訴えますぞ」

淡々と藤田は告げた。

「訴えられるのは水戸家でござるぞ。菅沼外記どもに雛子さまを連れて行かせるとは」

鳥居は警固の侍を見やった。

「まさか、この者どもが菅沼の配下と申されるか」

藤田は顔を歪めた。

「相違ないでしょう」

鳥居は侍たちを見やった。

「笑止《しょうし》なり、この者らは水戸家の家臣である」

藤田は胸を張った。

鳥居は表情を引き攣らせながらも、

「御免、雛子さま」

と、声をかけながら駕籠に近づく。家来たちが鳥居を阻止しようとしたが、捕方も前に出たために一触即発《いっしょくそくはつ》となった。

「雛子さま、お迎えに参りましたぞ」

声を嗄《か》らして鳥居は言い立てた。

「鳥居どの、いい加減になされよ」

藤田は鳥居の前に立った。

「藤田どの、引き下がりはしませんぞ。江戸の治安を守る町奉行として、江戸の町で皇女が拉致されるのを見過ごすわけには参りませぬ」

断固として鳥居は言った。

すると、

「わかりました」

駕籠の中から声がかかり、戸が開いた。

被衣を被った女が現れた。

「雛子さま」

鳥居は片膝をついた。

「鳥居」

女にしては野太い声が返された。

「……………」

鳥居はきょとんとなり、面を上げた。

「鳥居、余の顔を見忘れたか」

被衣が取り払われた。

同時に打掛も脱ぎ去られる。

「ち、ち……中納言さま……」

鳥居の顔が驚愕に彩られた。

斉昭は悠然と鳥居の前に立った。鳥居は慌てて、

「控えよ。水戸中納言さまにあらせられるぞ」

と、捕方に大音声《だいおんじょう》を放った。

弾かれたように捕方は土下座をした。

「鳥居、駕籠の中で聞いておったが、わが水戸家が雛子さまを拉致すると申しておったな」

斉昭は問いかけた。

「い、いえ、その……」

鳥居は口の中でもごもごとさせた。その後に藤田に向かって、

「畏れながらこの夜更けに中納言さまは何故、お出かけなのでしょうか。小石川の上屋敷とはずいぶんと離れております」

と、問いかけた。

藤田は厳しい顔で、

「無礼に無礼を重ねるのか。余計な詮索《せんさく》は、ますますご自分の立場を悪くなさいますぞ」

と、返した。

鳥居は唇を噛んだ。

すると、斉昭は鷹揚な笑みを浮かべながら、

「今宵は向島の蔵屋敷にて過ごす。その途中、過ぎ行く夏の夜を楽しもうと、女の着物を着てみた次第じゃ。それでも、咎められるのか」

斉昭は声を上げて笑った。

「畏れ入りました」

鳥居は額を地べたにこすりつけた。

「さて、参るぞ」

斉昭は駕籠に入った。

「ご警固を」

鳥居は申し出たが、

「御無用である」

藤田は冷然と告げた。

外記は駕籠の前、真中が後ろについていた。

駕籠は大川へ向かって進んでゆく。夜陰に駕籠かきの、

「えいほ！」

という掛け声が調子よく響き、足音も一定間隔で乱れがない。大川のせせらぎが近づいてきた。右手に杉の巨木が見える。

ここで、

「ヒョウヒョウ」

という鵺の鳴き声が聞こえてきた。

月下に聳《そび》える杉の大木から縄が垂らされる。

するすると和気剛憲が縄を伝って下りてきた。

鵺党の面々が姿を現す。

鵺を模った張りぼてもやって来た。

外記は駕籠かきに道の隅で控えるように伝える。外記も真中も道々、丹田呼吸を繰り返してきた。

精気が丹田に漲っている。

和気は右手を挙げた。

張りぼての鵺の口が外記と真中に向けられた。

外記と真中は腰に左手を当て、腰を落とす。

口から炎が噴き出された瞬間、同時に、

「でやあ！」

裂帛《れっぱく》の気合いと共に外記と真中は右手を突き出した。

巨大な陽炎が幾重にも折り重なって立ち昇った。

噴き出された炎が歪み、炎は竜巻《たつまき》と化した。

炎の竜巻は渦を巻きながら鵺党に襲いかかった。

「ああっ」

断末魔《だんまつま》の悲鳴と共に鵺党は炎に包まれ、夜空へと舞い上がった。暗黒の空から火の粉《こ》が降ってくる。程なくして、黒焦げと化した鵺党が落ちてきた。

「菅沼外記、やるのう」

和気は声を放った。

「いざ、和気剛憲」

外記は勝負を挑んだ。

「勝負したいが、ひとまずお預けじゃ」

和気は言うや踵《きびす》を返した。

「待て、何も預けることはない。この場で勝負をしようではないか」

外記は引き止めた。

「ならば、品川の甘露屋屋敷に参れ」

不敵な笑みを浮かべ和気は返した。

「品川にまで足を延ばすことはない。ここで会ったが百年目だ」

外記は引き下がらない。

「甘露屋屋敷で決着をつける」

和気も譲らない。

外記はちらっと真中に視線を向け、

「この者なら手出しはさせぬ。わたしとそなたで一対一の勝負をしようではないか」

と、挑んだ。

「ヒョウヒョウ」

不気味な鵺の鳴き声が聞こえ、杉の大木の頂から真っ直ぐな縄が垂れ下がった。

「つべこべ言わず、甘露屋屋敷に来い。面白い見世物が見られるぞ」

「見世物など見たくもない」

「もう一度申す。甘露屋屋敷で勝負じゃ。出向かなければ後悔するぞ」

和気はするすると縄を月に向かって上ってゆき、闇に消えた。

外記は深追いをせずに雛子を水戸家の蔵屋敷まで護衛することにした。

「凄いのう」

雛子は駕籠から出て、一部始終を見ていたようだ。しかし、駕籠かきの姿はない。

恐怖の余り、逃げてしまったようだ。

「仕方ない。我らで担ぐか」

外記は真中に言った。

「承知しました」

素直に真中は応じた。

「構いませぬ。歩いて参ります」

雛子は言った。

「そういうわけには参りませぬ」

真中は言ったが、

「真中さん、一緒に御蔵前通りを歩いたではありませぬか」

雛子は言った。

「そうですな」

と、真中が受け入れたところで、

「お頭！」

義助の声が聞こえた。

声の方を見ると義助が軽やかな足取りで走って来るのに対し、離れた後方に一八が息も絶え絶えについて来た。

義助は、観生寺から外記と真中が出て行くのを見て追いかけて来たそうだ。途中、見失ったが炎を見て、もしや外記がいるのでは、と見当をつけたという。

「して、どうした、血相を変えて」

外記が問うと、

「あ、そうでした」

と、義助は自分の額を手で叩いてから、

「大変なんですよ。お勢姐さんが攫われたんです。攫ったのは鵺党に違いありませんや」

と、報告した。

「まことか……鵺党の仕業に間違いないのか」

真中は義助に詰め寄った。

そこへようやくのこと一八が追い着いた。

「た、た、大変……お勢姐さんが……」

汗だらだらで肩で息をしながら一八は話そうとするが言葉にならない。それでも、義助同様にお勢が鵺党に拉致されたことを報せようとしているのは確かだ。

「和気剛憲がくどいくらいに甘露屋屋敷に来いと申した訳がわかった」

外記は苦虫を嚙みつぶしたような顔をした。

「庵斎さんが先に向かっていますぜ」

義助が言い添えた。

すると雛子が外記の側に立った。

「お勢さんが攫われたのですか」

心配そうな雛子に、

「なに、お勢は勝気です。そう、おいそれと奴らの意のままにはなりません」

安堵させようと外記は笑みを返した。

「わたくしは、一人で水戸さんの蔵屋敷に参ります。外記さん、早くお勢さんを助けに行ってあげてください」

雛子は訴えかけた。

「お気遣いありがとうございます。雛子さまを無事水戸家蔵屋敷にお送り申し上げてから、甘露屋の屋敷に向かいます」

外記は静かに返した。

「わかりました。では、行きましょう」

雛子は歩き出そうとしたが、

「駕籠にお乗りくだされ。駕籠かきが揃いましたので」

外記は義助と一八を見やった。

「合点《がってん》でえ」

義助は張り切って請け合ったが一八は困り顔である。それでも、義助が先棒を担いだため、しぶしぶ一八も後棒を担いだ。

「耐えられなくなったら、代わる」

真中に言われ、

「頼りにしています」

蚊の鳴くような声で一八が返すと、雛子は駕籠に乗り込んだ。

甘露屋屋敷の夏座敷では、お勢が鵺党に囲まれていた。宗軒の命令で長襦袢を脱がせようと迫ってくる。

四

お勢は両手で襟元を引き寄せてしゃがみ込んだ。

奉公人が入って来て宗軒に耳打ちをした。

「村山庵斎……俳諧師か。菅沼外記の配下やな」

宗軒は高瀬に庵斎がやって来た、と教えた。

「まあ、会ってやるか」

宗軒は奉公人に座敷に通すよう告げた。

次いで、

「この娘、縄で縛って隣の部屋に転がしておけ」

と命じ、高瀬と共に座敷に向かった。

庵斎は座敷に通された。

程なくして宗軒と高瀬が入って来た。

「夜分に畏れ入りますな」

惚けた様子で庵斎は挨拶をした。

「何事ですかな。まさか、夜更けに句会でも催そうとなさったのですかな」

「勝手ながら、もう一度夏座敷を拝見したくなったのです」

庵斎が答えると宗軒の眉がぴくぴくと動いた。

「そんなにお気に召されたか」

宗軒に言われ、

「よい句を詠めそうです」

やおら、庵斎は腰を上げた。怪訝《けげん》な目を向ける宗軒に、

「小用を……いけませんな、歳のせいか、厠《かわや》が近くなってしまって」

庵斎は顔をしかめ厠の所在を聞いた。

奉公人に案内させると宗軒は言ったが、自分一人で大丈夫だと厠の所在を確かめてから
庵斎は出て行った。

「惚けた爺《じじい》ですな」

高瀬は苦笑した。

「戻って来たら始末しよか」

宗軒の考えに、

「そうですな」

高瀬は賛成した。

そこへ、和気が戻って来た。

「鳥居をからかってやった。今頃、水戸家と揉めておろう。それと、菅沼外記をおびき寄せたぞ」

和気は浅草での経緯を語った。

「村山庵斎という菅沼外記の配下がやって来た。おそらくは、菅沼の娘が攫われたのを知り、ここだと見当をつけたのや。ま、ええわ。菅沼外記一党を揃って血祭に上げたろうやないか」

宗軒は意気軒昂《いきけんこう》となった。

「任せろ」

和気は胸を張った。

庵斎は厠を探す振りをして夏座敷にやって来た。無人ながら雪洞の灯りが灯されている。

天井の水槽が灯りに照らされ、竜宮城や魚が涼しそうに見える。人魚は泳いでいない。

ふと見ると隣室とを隔《へだ》てる襖が僅かに開いている。庵斎は夏座敷を横切り、襖に至った。隙間から中を覗く。

ギロチンや西洋鎧が見える。

そして、ギロチンの前にお勢が横たわっていた。お勢は布切れで目隠しと猿轡《さるぐつわ》を嚙まされ、荒縄で胴と膝をぐるぐる巻きにされていた。

庵斎は襖を開け、身を入れた。

「お勢ちゃん」

小声で呼びかけると、

「村山のおじさん……」

お勢は顔を上げた。

庵斎はお勢の傍らに忍び寄り、目隠しと猿轡を外した。

「あ～っ、ひどい目に遭ったわ」

お勢はため息を漏らした。

「みっともない格好でごめんなさい」

長襦袢姿をお勢は恥ずかしがりながら詫びた。

「命あっての物種《ものだね》じゃ」

語りかけながら庵斎は胴と膝の荒縄を解き始めた。

「すぐに、逃げよう」

縄を解き終え、庵斎は黒の十徳を脱いでお勢に掛けた。お勢は礼を言って十徳に袖を通すとゆっくりと立ち上がった。

「さあ、行こう」

庵斎も腰を上げた。

その時、襖が開いた。

外記と真中は向島にある水戸家の蔵屋敷に雛子を送り届けた後、馬を借りて甘露屋の屋敷にやって来た。

生垣《いけがき》を越え、外記と真中は庭に入った。

敵は外記が乗り込むのを承知なのだ。こそこそと忍ぶことはない。

すると、

「菅沼外記、やはり来たか」

和気剛憲の声が響き渡った。

木々の陰から鵺党が現れた。

「ヒョウヒョウ」

鵺の鳴き声が聞こえ、杉の大木から縄が下りた。

やおら、外記は走り出した。

真中は鵺党に斬り込んだ。刃と刃がぶつかり合い、青白い火花が飛び散った。数人の敵を相手に真中は果敢に白刃を交える。

杉の大木の背後へと外記は回った。

大きな滑車《かっしゃ》があり、鵺党が二人、縄を引いている。杉の頂の枝に回した縄が滑車によってぴんと伸ばされている。

外記は滑車で引き伸ばされた縄を大刀で斬った。

二人は弾け飛び、ぷっつりと切断された縄が地べたに落下した。枝から和気が飛び降りた。

「小賢《こざか》しい真似をしおって」

怒りの形相で和気が大刀を抜いた。

間髪を容れず、外記は斬りかかった。

和気は後方に跳び退き、下段から斬り上げた。外記は突きを繰り出す。

不意に和気はくるりと背中を向け、母屋に走って行った。

外記は背後を見た。

「こちらは、お任せください。お頭はお勢どのを……」

敵と戦いながら真中は声をかけた。

「頼む」

一言残して外記は和気の後を追った。

母屋の裏手から渡り廊下が延び和気が走ってゆく。切妻屋根の頂を飾る黄金の鳳凰像が月光を受けて煌めいていた。

和気は悪趣味極まる夏座敷に向かうようだ。

果たして外記が夏座敷に身を入れると和気が真ん中で仁王立《におうだ》ちをしている。

「ここで決着をつけるか」

外記が声をかけると、

「そう、急ぐな」

和気は外記を向いたまま後ずさり隣室とを隔てている襖を開けた。

外記も座敷を歩き、隣室に入った。

「お頭……」

庵斎の声が聞こえた。

庵斎はギロチンにかけられていた。

跪《ひざまず》いて首を板の丸い穴から突き出していた。

藤田と訪れた時にも見た。

仏蘭西国で作られた斬首の道具、ギロチンと呼ぶそうだ。庵斎の頭上には巨大な刃がある。横に垂れ下がった紐を引けば刃が落下し、首を切断するのだ。

宗軒がお勢を伴って部屋に入って来た。お勢は髪を振り乱し、長襦袢姿である。

「菅沼外記、配下の首が落ちるのを見よ」

和気はギロチンの横に立った。

宗軒が、

「雛子さまを水戸家からここに連れて来たら、許したる。娘も返したる」

と、取引を持ちかけた。

続いて和気が、

「気送術は使うな。丹田呼吸を始めたら直ちに紐を引くぞ」

と脅した後、

「外記はん、庵斎はんの首、どないしますのや」

宗軒はうれしそうに問いかけた。

「お頭、わしには構わんでください。この皺首が役に立つのなら、本望です」

庵斎は声を振り絞った。

「外記、早く雛子さまを連れて来い」

宗軒は促した。

「断る！」

毅然と外記は言った。

宗軒はむっとしたが、

「しゃあないなあ」

と、和気に向いた。

和気は両手でギロチンの紐を持った。

気送術を放とうとしたが、丹田に精気が溜まっていない。額から汗が滴り、両の掌も汗ばむ。和気は楽しむかのように紐から手を離したり握ったりを繰り返す。覚悟を決めた庵斎だったが、恐怖に襲われうめき声を漏らした。

「生殺しはそれくらいにしなはれ」

宗軒が和気に向いて紐を引く格好をした。

ここで、

「いやあ！」

お勢は絶叫すると宗軒の背中を突き飛ばした。直後、和気が紐を引いた。

無防備だった宗軒はつんのめり、ギロチンに倒れ込むと、庵斎の上に折り重なった。そこに刃が落下した。血飛沫《ちしぶき》が上がり、刃は宗軒の胴体を両断して止まった。

さすがに和気は茫然と立ち尽くした。

すかさず外記はギロチンに駆け寄り、宗軒の亡骸と刃を退かした。庵斎は首を引っ込め、へなへなと尻餅をついた。

「おのれ」

和気は大刀を抜き、外記に向かって来た。外記は脱兎の勢いで夏座敷へと向かう。

そこへ矢が飛来した。

夏座敷に高瀬清史郎がいた。長弓に矢を番えている。

外記は夏座敷の四隅に垂れる焦げ茶色の布切れにぶら下がると弾みをつけた。

慌ただしい足音と共に鵺党が殺到して来た。

外記は布切れにぶら下がったまま身体を揺らす。前後に大きく揺れる外記に鵺党が襲いかかる。外記は眼下に敵を見据え挑発するように嘲笑を放った。敵はいきり立ち揺れ動く外記に刃を向ける。外記は二人の顔面を蹴飛ばした。蹴られた二人は仲間にぶつかり、将棋倒しとなった。

真中も駆けつけて来た。

「退《ど》け！」

和気の怒声が響く。

和気は外記と反対側で布切れにぶら下がり、弾みをつけて外記に向かって来た。

外記は左手で布切れにぶら下がり、右手で刃を翳す。

和気も抜き身を右手に持った。

二人の身体が座敷の真ん中で交錯する。刃と刃がぶつかり合って後、各々の隅に戻った。

再び斬り結ばんと外記と和気は睨み合う。

外記は隅の柱を思い切り蹴飛ばし、勢いをつけた。和気も外記を倒さんと布切れに掴まりながら向かってくる。

和気と交わる直前、

「てやあ！」

外記は和気の布切れに飛び移った。

呆気にとられた和気の頭上で外記は回転し始めた。我に返り、和気は外記を捕まえようと布切れを上り始めた。外記も勢いよく上る。あっという間に天井に至ると身体を反転させた。

両手をかざし眼下に広がる畳に気を送る。外記は落下することなく逆さになってギヤマン細工の水槽を歩き始めた。

高瀬が長弓を射た。

矢は唸り外記をかすめ、天井に突き刺さった。長弓の威力や恐るべし。

水槽が割れて水や魚が座敷に降ってきた。

「ああっ」

鵺党から悲鳴が上がった。

竜宮城を模った石の模型も大音響と共に崩れ落ちる。

和気や鵺党の何人かが竜宮城の下敷きとなった。和気の顔は蒼白となり口からどす黒い血が溢れ、がっくりとうなだれた。「ヒョウヒョウ」という鳴き声が聞こえた気がしたが、外記は思い込みに過ぎないと自分に言い聞かせた。鵺は千年の都ではなく、彼らが敵視する武家の都で息絶えた。

思いもかけない和気の死に高瀬は顔を引き攣らせたが気を取り直して、矢を番えた。

水浸しとなった座敷を真中はすり足で進み、高瀬に斬りかかった。咄嗟に高瀬は長弓で真中の刃を防いだ。

弦が切れるぷつんという音がした。

高瀬は悪態を吐いて長弓を捨てる。

大刀を抜き、真中と対峙した。

真中は大刀を下段に構えた。

高瀬は大刀を大上段に振り被り、突進して来た。

真中は腰を落とし迎え討つ。

座敷に溜まった水を蹴立て、高瀬は大刀を斬り下ろした。

真中は刃を斬り上げた。

水と一緒に鯛が跳ね上がり高瀬の顔面を直撃した。

高瀬の刃が鯛を切り裂く。

その時、真中は懐中に飛び込み、刀の切っ先で高瀬の胴を刺し貫いた。

高瀬は動きを止め、真中を見据えるとにやりと笑った。

真中は高瀬の胴から大刀を抜き去った。

血潮を噴き、高瀬は仰向けに倒れた。

庵斎が座敷を見回した。

「竜宮城、地上に出れば地獄の城……秋の夜に人魚も寝たり竜宮城……秋の夜は鵺と貉の別れ道……」

思いつくままに庵斎は俳諧とも川柳《せんりゅう》ともつかない句を並べた。

葉月《はづき》の半ば、厳しかった残暑もようやく去り、日々秋の訪れを感じる。色なき風は爽やかで夜になると秋の虫の鳴き声が耳に優しい。

相州屋重吉に扮した外記はばつを連れて観生寺を訪れた。

美佐江に雛子を預かってもらった礼を言った。

「無事、都にお着きになられたようですね」

雛子は都から子供たちに玩具を送ってくれた、と美佐江は言った。双六《すごろく》や歌留多《かるた》、独楽や凧《たこ》など、みなで遊べる品々だそうだ。

「まるたけえびすにおしおいけ〜、あねさんろっかくたこにしき〜」

子供たちの歌声が聞こえた。

藤田東湖によると水戸斉昭は雛子を上知令阻止に利用することはなかった。宗軒は事故死とされたが、宗軒と鵺党が滅び、水野忠邦の対朝廷工作は頓挫《とんざ》した。

上知令への反感は日々強まっている。

鳥居耀蔵は水戸家行列に対する無礼が問題となり、咎められなかったが大きな失態となって、威勢に陰りが見えている。また、鳥居の不手際を水野が強く叱責《しっせき》し、両者の間に溝《みぞ》が出来たという噂が流れている。

「ご隠居さん、都へは何度も行かれたのですね」

美佐江は西の空を見た。

「若かりし頃です」

外記は付け髭を撫でた。

「雅な風情なのでしょうね」

「昼間は雅ですが夜となると、魑魅魍魎《ちみもうりょう》が跋扈しておりますぞ」

外記は冗談めかして笑った。

「まあ、怖い、妖怪ですか。ご隠居さまはどのような妖怪に遭遇したのですか」

「鵺ですな。ああ、そうだ。都は白昼でも貉に出会いますぞ」

「まあ、ご冗談ばっかり」

美佐江はくすりと笑った。

「鵺と貉か……」

外記の脳裏に甘露屋宗軒と鵺党との死闘が蘇り、鳥肌が立った。

「今宵は中秋の名月ですね。よろしかったら一緒にお月見をしませぬか」

美佐江の誘いに、

「望月の夜なら鵺も現れぬでしょう」

と、快く外記は応じた。

光文社文庫

文庫書下ろし／長編時代小説
鵺《ぬえ》退《たい》治《じ》の宴《うたげ》　闇《やみ》御《お》庭《にわ》番《ばん》(九)
著　者　早《はや》　見《み》　俊《しゅん》

2022年2月20日　初版1刷発行

発行者　鈴　木　広　和
印　刷　新　藤　慶　昌　堂
製　本　榎　本　製　本

発行所　株式会社　光　文　社
〒112-8011　東京都文京区音羽1-16-6
電話　(03)5395-8149　編　集　部
8116　書籍販売部
8125　業　務　部

ISBN978-4-334-79315-9　Printed in Japan

組版　萩原印刷

光文社文庫最新刊

Blue	葉真中《はまなか》 顕《あき》
エスケープ・トレイン	熊谷達也
ひとんち　澤村伊智短編集	澤村伊智
十津川警部　猫と死体はタンゴ鉄道に乗って	西村京太郎
京都文学小景　物語の生まれた街角で	大石直紀
しあわせ、探して	三田《さんだ》千恵